KB042727

리벤지 헌터

REVENGE
HUNTING 2

초판 1쇄 인쇄일 2015년 6월 25일 | **초판 1쇄 발행일** 2015년 6월 26일

지은이 목마 | **펴낸이** 곽중열 | **담당편집 팀장** 이범수
편집부 신연제 이윤아 김호성 김은경

펴낸곳 (주)조은세상 | 출판등록 제 2002-23호
주소 경기도 연천군 미산면 청정로 1355
TEL 편집부 02)587-2966 | FAX 02)587-2922
e-mail bukdu@comics21c.co.kr

ⓒ목마 2015
ISBN 979-11-5832-137-6 | ISBN 979-11-5832-135-2(set) | 값 8,000원

REVENGE HUNTING

리벤지 헌팅 목마 현대 판타지 장편소설

NEO MODERN FANTASY STORY & ADVENTURE

HUNTING

②

북두

(주)좋은세상

CONTENTS

NEO MODERN FANTASY STORY & ADVANTURE

REVENGE
HUNTING

REVENGE

1. 소루나의 밀림(2)

HUNTING

NEO MODERN FANTASY STORY & ADVANTURE

REVENGE HUNTING

1. 소루나의 밀림(2)

손에 쥔 마석에 의식을 집중했다. 손등의 표식이 화끈거리는 것이 느껴졌고, 쥐어진 마석이 흐물거리며 녹아내리기 시작했다. 남색의 끈적거리는 액체가 된 마석은 그대로 우현의 손등에 있는 표식으로 흘러 들어갔다.

선하는 우두커니 서서 우현이 마석을 흡수하는 것을 가만히 지켜 보았다.

우현은 천천히 숨을 내뱉으면서 선하를 올려 보았다.

몸 안에 찬 충만한 힘이 느껴졌다. 다크블루스톤은 마석 중에 가장 순도가 높은 것은 아니다. 하지만 안에 담긴 에너지는 우현이 본래 품은 투기의 몇 배는 족히 되었다. 우현은 입술을 열었다.

"만약에."

우현의 말에 선하가 머리를 갸웃거렸다. 우현은 그런 선하의 얼굴을 뚫어져라 보면서 말을 이었다.

"만약에, 제가 마석을 흡수하고… 아무 일도 없었다는 듯이 선하씨의 요구를 무시했다면. 그랬다면 어쩌실 생각이셨습니까?"

"저는 우현씨를 믿었어요."

선하가 곧바로 말했다. 그 말에 우현은 피식 웃으며 머리를 흔들었다.

"저희는 만난지 고작해야 일주일 정도 되었을 뿐입니다. 그 짧은 사이에 신뢰가 크게 생기지는 않았을 것 같은데요. 게다가 선하씨가 그렇게 신중하지 않은 행동을 할 것 같지도 않고."

"뭐, 그렇다면야. 우현씨가 마석만 냉름 삼키고 입을 닫으실 생각이었다면, 저는 제가 할 수 있는 모든 수단을 동원해서 우현씨에게 복수를 하려 했을 거예요."

"죽인다거나?"

"그것도 방법의 하나는 되었겠죠."

선하의 말에 우현은 그녀의 얼굴을 뚫어져라 보았다.

"만약 제가 입을 막으려고, 선하씨를 죽이려 들었다면?"

그 말에 선하는 머리를 갸웃거렸다.

"그럴 일은 없을 것이라고 생각했어요. 우현씨가 마석을 흡수하였어도, 갑자기 쾅하고 강해지는 것은 아니니까요. 우현씨가 덤벼 봐야 제가 우현씨에게 죽을 일은 없으리라고 판단했어요. 만약 우현씨가 멍청하게 저를 죽이려 들었다면… 제가 우현씨를 죽였겠죠."

선하는 솔직하게 말했다. 그 말에 우현은 못 당하겠다는 듯이 머리를 흔들었다.

"하긴, 그야 그렇겠네요. 마석을 먹는다고 바로 강해지는 것은 아닐 테니까."

우현은 능청스럽게 그렇게 둘러댔다. 선하의 말이 맞다. 마석은 헌터의 힘을 크게 키워주지만, 마석을 먹는다고 갑자기 강해지는 것은 아니다. 마석은 어디까지나 헌터가 사용하는 투기의 양을 늘려주는 것이니까.

하지만 그것은 일반적인 경우다. 우현은 일반적인 경우에 해당되지 않는다. 그는 이미 투기를 다루는 법을 거의 완벽하게 알고 있었다. 이전까지는 양이 너무 적어서 제대로 사용할 수가 없었을 뿐. 지금의 보유량이라면… 우현은 가만히 정신을 집중해 보았다.

몸 속 깊은 곳에서 꿈틀거리는 힘이 느껴졌다.

'이 정도로군.'

우현의 눈이 가늘어졌다. 호정 때 보유했던 투기의 양과 비교하면 형편없을 정도로 양이 적었지만, 지금 보유한 투기의 양은 최소 D급 이상은 가능할 것 같았다.

우현은 투기를 움직였다. 몸속에 꿈틀거리는 힘이 다리로 이동했다. 다리가 순간 저릿하였다. 그 감각에 우현은 가늘게 몸을 떨었다.

'된다!'

투기를 사용한 육체의 강화가 가능해진 것이다. 우현은 웃음을 삼켰다. 육체를 강화한다면 부족한 체력을 상당 부분 보완할 수 있다. 거기에 무기에 불어넣는 투기를 더욱 강하게 하여 몬스터와 싸울 때에 보다 강한 데미지를 줄 수도 있다.

"일단 나갈까요?"

선하에게 굳이 그를 말하지 않았다. 선하가 보는 우현은 단순히, 재능과 잠재력이 있는 신참 헌터였으니까. 괜한 말을 하여 선하에게 경각심을 주고 싶지는 않았다. 단순히 떠보았을 뿐, 선하를 배신한다거나 할 생각은 없었으니까.

"나가죠. 어차피 베드로사를 잡기 위해 왔던 거니까요."

선하는 그렇게 말하며 땅에 내려 놓았던 검을 들어 허리에 걸었다. 그런 선하의 모습을 보면서 우현은 잊고 있던 일 중 하나를 떠올렸다.

선하는 정확히 베드로사가 출현하는 장소와 시간을

알았다. 우연? 아니, 우연일 리가 없다. 그녀는 막힘없이 길을 뚫었다. 시간에 쫓기는 것처럼 일반 몬스터와의 교전을 피했다.

그녀는 베드로사, 네임드 몬스터가 출현하는 시간과 장소를 정확하게 짚어냈다.

"…어떻게 알았던 겁니까?"

우현은 앞서 걷는 선하의 뒤를 보면서 물었다. 선하는 머리를 살짝 돌려 우현을 보았다.

"뭘요?"

그 물음에 우현은 미간을 찡그리며 다시 물었다.

"베드로사가 출현하는 장소와 시간 말입니다. 네임드 몬스터의 출현은 파악되지 않은 것으로 알고 있습니다만…"

"그렇긴 하죠."

선하는 곧바로 대답하지 않았다. 아주 잠깐의 침묵을 가졌다.

"그것도 비밀입니까?"

우현이 곧바로 이어 물었다. 대답은 돌아오지 않았다. 그녀가 가진 침묵에 우현은 피식 웃었다.

"선하씨는 비밀이 많은 여자로군요."

"아버지는."

선하가 입을 열었다.

"…아버지는. 아니, 제네시스 길드는. 용병 길드였다고, 제가 말했었죠?"

"네."

"특성상… 제네시스의 길드원들은 다른 헌터들보다 압도적으로 많은 네임드 몬스터의 사냥 경험을 가질 수밖에 없었어요. 게다가 아버지는 딱히 던전을 가리지도 않으셨죠. 그보다 더 큰 이유는 제네시스의 길드원들이, 자신들이 가진 실력에 비해 터무니없는 헐값에 몸을 팔았… 팔았다… 라는 것은 조금 이상하기는 한데. 그래. 자신들이 가진 실력에 비해 터무니없는 보수를 받으며 지원을 해 주었다는 거였어요."

선하가 천천히 머리를 흔들었다.

"온갖 던전에서 온갖 네임드 몬스터를 사냥하셨죠. 쉬지도 않고. 부르면 적은 보수를 받고 가서서 네임드 몬스터를 사냥하는 것을 도우시고… 아마, 제네시스보다 많은 네임드 몬스터를 사냥했던 길드는 없었을 거예요."

"…그래서?"

"네임드 몬스터 중의 일부의 출현 시간과 장소를 파악하는 것에 성공하셨죠. 베드로사의 경우에는 매달 16일, 새벽 4시 21분에 출현해요. 그 외에도 다른 네임드 몬스터의 출현 장소와 시간도 파악하고 있구요."

선하의 말에 우현은 꿀꺽 침을 삼켰다. 만약 그녀의

말이 사실이라면 이것은 엄청난 정보였다. 한 번도 아니고 주기적으로 네임드 몬스터가 출현하는 장소와 시간을 파악하고 있다니. 당장 베드로사의 출현 장소와 시간만 하더라도 몇 억을 주고 살만한 길드는 차고 넘칠 것이다. 네임드 몬스터의 출현 장소와 시간을 알고 있다는 것은 사냥을 독점할 수 있다는 것. 그것은 반드시는 아니어도 꾸준히 마석을 얻을 공급처를 얻는다는 말과 똑같은 말이다.

"어때요? 제법 욕심이 나시죠?"

선하가 가느다란 미소를 지었다. 그녀의 말에 우현은 뭐라 대답하지 않고 꿀꺽 침을 삼키기만 했다. 욕심이 났다. 네임드 몬스터의 사체에서 반드시 마석이 발견되는 것은 아니지만, 우현에게는 '반드시' 마석을 얻을 수 있는 능력이 있었으니까.

"…더욱 이해할 수가 없습니다."

우현이 입을 연 것은 둘이 세이브 포인트의 게이트로 도착했을 때였다. 선하는 우현을 힐끗 돌아보았다.

"뭐가요?"

선하의 물음에 우현은 미간을 찡그리며 대답했다.

"선하씨가 저따위한테 흥미를 갖는 이유 말입니다. 선하씨가 가지고 있는 정보라면 저보다 훨씬 우수한 헌터들이…"

"제가 말했을 텐데요."

선하가 목소리에 힘을 주었다.

"제가 원하는 것은 우현씨에요."

"저한테 관심 있으십니까?"

우현이 물었다. 그 물음에 선하는 눈을 깜박거리면서 우현을 보다가, 피식 웃음을 흘렸다.

"우현씨는 제법 매력적인 분이죠."

선하는 우선 그렇게 말하고서는, 머리를 천천히 저었다.

"하지만 이성으로서의… 그러니까… 그래. 연애감정을 가지고 있지는 않아요."

"그런 의미로 한 말이 아닌데요."

우현이 대답했다. 그 대답에 선하는 입술을 반쯤 벌리면서 우현을 보다가, 머리를 옆으로 돌리고 낮게 헛기침을 했다.

"흠흠… 아무튼."

선하가 말을 이었다.

"…연애감정을 제하고서 우현씨에게 흥미가 있는 것은 맞아요. 정확히 말하자면 우현씨가 가진 잠재력. 우현씨는 다른, 실력 있는 헌터들이 있지 않느냐고 물으셨는데… 네, 맞아요. 제가 가진 정보라면 더 실력 있는 헌터들을 영입할 수가 있죠. 하지만 그들이 제 말을 들을까요?"

"저는 들을 것이라 생각하십니까?"

"우현씨는 제가 통제할 수 있는 인력이라고 생각해요. 아, 우현씨를 얕잡아 보는 것은 아니에요."

"괜찮습니다. 사실이니까요."

우현은 능청스레 대답했다.

"그렇게 받아주셔서 감사해요. 어쨌든, 다른 헌터들은 제가 통제할 수가 없어요. 제가 완전히 신뢰할 수도 없고… 제가 우현씨를 선택한 이유는, 우현씨가 신입 헌터이기 때문이에요. 이 바닥에서 아는 헌터도 없고, 연줄도 없죠."

"아무 것도 모르는 상태니까 부려먹기 쉽다는?"

"우현씨는 생각하는 것이 묘하게 부정적이네요."

선하가 눈을 흘기며 지적했다. 그 말에 우현은 피식 웃으면서 어깨를 으쓱거렸다.

"그럴만한 일들이 좀 있었거든요."

그는 그렇게 중얼거리며 세이브 포인트의 게이트를 바라보았다.

"…어찌되었든, 잘 알겠습니다. 마지막으로 하나만 더 물어보죠. 제네시스라는 길드, 등록은 되어 있습니까?"

"길드 신청의 최소 구성인원은 4명이에요."

선하가 대답했다.

"두 명이 부족해요. 길드 신청에 필요한 것은 최소 구성인원과… 돈인데. 돈은 제가 낼 테니까 걱정하지 않으셔도 되요."

"…뭐, 알았습니다. 남은 두 명에 대해 생각해 둔 사람은 있으십니까?"

"아직은요. 급한 일은 아니니까, 천천히 알아 볼 생각이에요. 믿을 수 있을만한 사람으로 선정해야 하니까."

선하의 말에 우현은 시헌과 민아를 떠올렸다. 그는 둘을 추천하려던 목소리를 눌러 삼켰다. 괜한 오지랖이라고 생각했기 때문이다. 단순히 친분만으로 사람을 추천하기에는 선하가 가진 정보가 너무 크다.

"…내일은 어떻게 하죠?"

"앞으로 며칠 동안은 네임드 몬스터의 출현이 없어요."

선하가 머리를 흔들었다.

"내일은 푹 쉬세요. 저도 다른 일정이 있으니까."

선하의 대답에 우현은 머리를 끄덕거렸다.

"알았습니다. 그러면, 다음에 연락을 주시죠."

우현은 그렇게 말하고서 세이브 포인트의 게이트로 향했다. 시간은 어느덧 6시가 다 되어가고 있었다. 부족한 잠이라도 더 잘까. 그렇게 생각했을 때,

"우현씨."

등 뒤에서 선하가 우현을 불렀다. 우현은 그 말에 멈칫하여 선하를 돌아보았다. 우현을 가만히 바라보고 있던 선하가 입을 열었다.

"저는 우현씨를 믿어요."

그 말에 우현은 피식 웃었다.

"저도 선하씨를 믿습니다."

그 대답에 선하가 가느다란 미소를 지었다. 우현은 그녀에게 살짝 머리를 숙여보이고선 세이브 포인트의 게이트로 발을 집어넣었다.

판데모니엄으로 돌아오고, 우현은 곧바로 자신의 방으로 돌아왔다. 땀에 절은 몸에서는 짠 냄새가 풍겼다. 우현은 혀를 차면서 갑옷을 벗으려다가, 멈칫 동작을 멈추었다. 일단 시험을 해 볼까. 우현은 숨을 들이키면서 몸 안의 투기를 움직였다. 스멀거리며 움직인 투기가 전신으로 퍼져 나갔다. 저릿한 감각이 짧은 시간 동안 흘렀다.

"음."

우현은 등 뒤의 검을 조심스레 뽑았다. 괜히 방을 난장판으로 만들면 안 되니까. 강화된 몸은 검의 무게를 거의 느끼지 않았다. 검뿐만이 아니었다. 입은 갑옷이 가볍게 느껴졌고, 몸 자체가 가볍게 느껴졌다.

"…잘 되는군."

우현은 그렇게 중얼거리면서 검에 투기를 불어 넣었다. 창백한 검신을 투기가 빠르게 감쌌다. 우현은 이글거리며 타오르는 투기를 보면서 씩 웃었다.

선하와의 만남, 그녀의 제안은 기회였다.

기회를 놓칠 마음은 없었다.

REVENGE

2. 몬스터 매각

HUNTING

NEO MODERN FANTASY STORY & ADVANTURE

REVENGE HUNTING

2. 몬스터 매각

선하는 푹 쉬라고 했지만, 그럴 마음은 없었다.

잠에서 깨어나고 보니 시간은 정오가 조금 지나 있었다. 시간을 확인한 즉시 우현은 아침겸 점심을 먹었고, 곧바로 씻은 뒤에 장비를 착용하고 판데모니엄으로 들어갔다. 다크 블루 스톤을 흡수하여 얻은 투기를 완전히 적응시키고, 일반 몬스터에게서 마석을 뽑아내며 힘을 불리기 위해서였다.

19번 던전으로 향했다. 지금이라면 더 높은 던전에 도전해도 무리는 없을 듯 하였지만, 그래도 익숙한 곳이 낫다고 생각했기 때문이다. 게이트를 통과하여 도착한 곳은 입구의 울창한 밀림이었다. 세이브 포인트의 게이트는 딱 한 번 밖에 이용할 수가 없기 때문이었다. 물론, 다시 세이브 포인트의 게이트를 통과하여 밖으로 나올 경우에는 다음에 던전에 들어갈 때에 세이브 포인트의 게이트를 이용할 수 있다.

던전으로 들어오고 나서, 우현은 곧바로 앞으로 걸었다. 오늘은 깊이 들어가는 것보다는 숲에서 등장하는 일반 몬스터를 최대한 사냥하고, 마석을 뽑아내는 것이 목적이었다.

걸음이 가벼웠다. 갑옷의 무게도, 검의 무게도. 거의 느껴지지 않았다. 투기를 써서 최소한으로 몸을 강화하여도 이 정도의 효과가 있는 것이다. 이게 하급 헌터와 중급 헌터 사이에 존재하는 큰 차이다. 아무리 신체 능력이 뛰어나고 센스가 좋아도. 투기로 몸을 강화하지 못하는 이상 몬스터와 맞서는 것에는 한계가 있다. 던전의 넘버가 높아질수록 등장하는 몬스터들은 더욱 강해지고, 네임드 몬스터의 방어벽이 두꺼워져서 레이드에도 오랜 시간이 걸린다. 맨 몸으로는 버텨낼 수가 없는 것이다.

'그래봤자 D급 정도야.'

다행인 것은, 이 세계에서 판데모니엄이 나타난 지 3년 정도밖에 되지 않았다는 것이다. 개방된 던전도 50번대. 3년이라는 시간 차이를 무시하고 싶지는 않지만,

능력을 적극적으로 활용한다면 추격하는 것도 무리는
아니다.

밀림을 돌파한지 얼마 지나지 않아서, 우현은 브라운
고릴라와 마주칠 수 있었다. 두 꼬리 원숭이도, 브라운
고릴라도. 모두가 검을 한 번 휘두르는 것으로 썰어버
릴 수 있었다. 이전까지 우현에게 부족했던 것은 투기
의 양이었다. 다크 블루 스톤으로 그것이 보완된 이상,
우현은 호정이었을 적에 가졌던 힘을 어느 정도는 끌어
낼 수 있었다.

투기의 양만 보면 D급의 평균보다 조금 높은 정도지
만, 투기를 다루는 방법에 대해서는 이미 숙달하고 있
다. 맞지 않는 몸에 익숙해지는 것이 관건이었고, 그것
도 어느 정도 해결이 되었다. 우현은 쓰러진 브라운 고
릴라의 사체로 성큼거리며 다가갔다. 놈의 가슴을 열
고, 심장에 자신의 피를 한 방울 떨어트렸을 때. 손톱만
한 붉은 마석의 결정이 생겨났다.

그런 작업을 반복했다. 우현은 쉼 없이 움직이면서
일반 몬스터를 사냥했다. 브라운 고릴라부터 해서 슬라
빅 재규어, 스틸 아나콘다 등.

'몬스터마다 크기가 다르군.'

마석의 결정을 제법 모으고 나서 비교해 보았다. 같
은 몬스터들 끼리도 마석의 크기에서 차이가 났지만,

다른 몬스터들 끼리는 그 차이가 제법 명확했다. 마석 중에서 가장 작은 것은 역시 두 꼬리 원숭이였고, 가장 큰 마석을 뱉어내는 것은 스틸 아나콘다였다. 같은 일반 몬스터라고 해도 그 강함과 에너지의 양이 차이가 나기 때문이리라.

어느덧 모인 마석의 결정은 32개. 다 합해 보아야 얻을 수 있는 에너지의 양은 많지 않다. 베드로사에게서 얻은 다크 블루 스톤만한 양의 에너지를 얻으려면 못해도 백 마리는 사냥해야 할 듯 했다.

'백 마리에 마석 하나라니.'

터무니없는 일이었다. 우현은 헛웃음을 흘리며 머리를 흔들었다. 이보다 상위 던전에 출현하는 일반 몬스터의 사체에서는 더 큰 마석의 결정을 만들어낼 수 있을 것이다. 지속적으로 마석을 얻을 수 있다. 굳이 자신이 사용하지 않아도, 돈을 받고 팔거나… 누군가에게 줄 수도 있겠지.

'게다가 선하씨의 정보라면.'

물론 선하라고 해서 모든 네임드 몬스터의 정보를 알고 있는 것은 아니다. 하지만 일부, 그 일부만으로도 충분하다. 고정적으로 네임드 몬스터를 사냥한다. 네임드 몬스터가 마석을 품지 않고 있어도, 우현의 능력이라면 인위적으로 마석을 만들어낼 수 있다.

"일단 여기까지 할까."

우현은 땅에 내려놓은 검을 들어 올렸다. 능력의 점검도 끝났고, 투기의 적응도 끝났다. 이제는 19번 던전보다 더 높은 던전으로 가도 될 것 같았다. 우현은 시간을 확인했다. 어느덧 시간은 4시가 가까워지고 있었다. 우현은 개운한 기분으로 몸을 돌렸다. 땀도 그리 흘리지 않았고, 지치지도 않았다. 적절하게 투기를 운용하며 몸을 강화한 덕분이었다.

'일단 몬스터의 사체를 처분하고.'

제법 사체가 쌓였다. 브라운 고릴라의 사체가 5마리, 두 꼬리 원숭이의 시체가 17마리, 슬라빅 재규어가 4마리, 스틸 아나콘다가 3마리, 자이언트 네펜데스가 3마리. 이 중에서 장비로 가공되는 것은 그다지 없겠지만, 협회는 하급 헌터들을 위해 쓸모없는 몬스터의 사체도 구입한다.

입구 게이트로 돌아오는 길에 슬라빅 재규어를 3마리 더 잡았고, 브라운 고릴라를 2마리, 두 꼬리 원숭이를 7마리 더 잡았다. 얻은 마석은 총 44개. 하나로 뭉쳐보니 주먹 반 개보다 작은 크기였다. 우현은 입맛을 다시며 그것을 일단 아공간 안으로 집어넣었다.

입구 게이트를 나와 판데모니엄의 광장으로 향했다. 목적지는 판데모니엄 내의 헌터 협회였다.

"죄송한데, 협회로 가려면 어느 곳으로 가야 합니까?"

분수대 쪽에 모인 헌터 중 한 명을 붙잡고서 물었다. 외국인이었지만 의사소통에 문제는 없었다. 판데모니엄 내에서는 흔히들 '악마어'라고 부르는 똑같은 언어를 사용하게 되니까. 우현의 질문을 받은 헌터는 친절히 협회의 위치를 알려주었다.

판데모니엄의 건물은 허무는 것이 불가능하다. 저 건물들은 세계 그 어느 곳의 건축 양식과도 달랐고, 대체 얼마나 오래 묵었는지, 또 어디서 온 것인지조차 파악되지 않았다. 헌터 협회가 사용하는 건물은 판데모니엄의 건물들 중에서도 특히 큰 것이었는데, 커다란 문 위에 헌터 협회라고 영어로 적혀 있었다. 우현은 그것을 올려 보다가 문으로 다가갔다.

대문은 활짝 열려져 있었고, 그 안에 제법 많은 헌터들의 모습이 보였다. 다양한 인종이 공통된 언어를 사용하고, 그들이 하는 말이 귀에 들리는 것은 몇 번이나 겪어 본 것이지만 기묘한 위화감이 들었다.

"무슨 일로 오셨습니까?"

로비를 보고 있는 것은 피로한 얼굴의 백인이었다.

"몬스터의 사체를 매각하러 왔습니다만, 어디로 가야 합니까?"

우현의 물음에 그는 곧바로 손을 들어 방향을 알려 주었다.

"저쪽 계단으로 가셔서 2층으로 올라가시면 됩니다. 대기 번호 받아 가시고요."

"예, 감사합니다."

우현은 꾸벅 머리를 숙인 후에 남자가 가리킨 방향에 있는 낡은 계단을 올랐다. 2층에 가니 1층보다 많은 사람들이 모여 있었다. 우현은 주변을 살피다가 은행에서나 볼 법한 번호표를 뽑는 기계를 발견했다. 콘센트가 연결된 것을 보니, 아무래도 협회 내에서 발전기를 돌리는 모양이었다.

번호표의 순번은 142번이었다. 비치된 의자에서 앉아 있고서 얼마나 지났을까.

"142번 헌터님."

창구 쪽에서 누군가가 우현을 불렀다. 그쪽으로 다가가니 안경을 쓴 협회 직원이 우현을 올려 보았다.

"헌터 등록증을 보여주시겠습니까?"

우현은 아공간 안에서 지갑을 꺼내 헌터 등록증을 꺼냈다. 간단한 확인 절차 후에 직원이 머리를 끄덕거렸다.

"어떤 몬스터를 매각하러 오셨습니까?"

그 질문에 우현은 잠시 생각하다가 대답했다.

"19번 던전의 브라운 고릴라와 두 꼬리 원숭이, 슬라 빅 재규어, 스틸 아나콘다, 자이언트 네펜데스입니다."

그 말에 직원은 책상 위의 서류를 뒤적거리다가 입을 열었다.

"각 몬스터의 매매가에 대해 알려드리겠습니다. 단위 는 원화로, 괜찮으십니까?"

"예, 괜찮습니다."

"브라운 고릴라는 원화로 두당 30만원입니다. 두 꼬 리 원숭이는 두당 5만원으로 칩니다. 슬라빅 재규어는 20만, 자이언트 네펜데스는 15만, 스틸 아나콘다는 40 만입니다."

우현의 머리가 순간 굳었다. 자신이 잡은 몬스터의 마릿수와 가격이 암산이 되지 않았기 때문이다. 우현이 입술을 뻐끔거리는 와중에도 협회의 직원은 무미건조 한 어조로 자신이 해야 할 말을 읊었다.

"사체의 상태는 어떻습니까?"

"어… 검상입니다."

"확인 절차는 건물 뒤편의 공터로 가시면 됩니다."

그는 그렇게 말하며 펜을 들고서 종이 위에 무언가를 빠르게 적었다. 그는 적은 종이를 우현에게 건네주었 다. 우현은 그것을 받고서 머뭇거리다가 머리를 숙였 다.

"감사합니다."

"오늘도 협회를 이용해 주셔서 감사합니다."

남자가 무미건조한 목소리로 대답했다. 우현은 받은 서류를 들고 다시 계단을 내려와 건물 밖으로 나왔다. 뒤편의 공터는 상당히 넓었는데, 여섯 개의 큼직한 천막들이 늘어서고 그 앞에 꽤 많은 사람들이 줄을 서 있었다.

"2층에서 오셨습니까?"

누군가가 물었다. 협회의 직원이었다. 우현이 머리를 끄덕거리자, 그는 대뜸 손을 내밀며 말했다.

"서류를 확인하겠습니다."

서류를 건네주자 그는 눈을 가늘게 뜨고 서류의 내용을 확인했다.

"브라운 고릴라와 두 꼬리 원숭이, 슬라빅 재규어, 스틸 아나콘다, 자이언트 네펜데스로군요. 19번 던전의 몬스터는 두 번째 천막으로 가시면 됩니다."

그 말에 우현은 머리를 끄덕거리며 몸을 돌렸다.

줄 앞에 서서 자신의 차례를 기다렸다. 이윽고, 우현은 천막 안으로 들어갔다.

"오?"

놀란 목소리가 들렸다. 그쪽을 보니 의자에 앉아 다리를 꼬고 있는 강만석이 보였다.

"사체 매각하러 왔냐?"

"아, 예."

그러고 보니, 강만석은 협회 소속의 헌터였다. 현실에서의 헌터 협회야 헌터가 아닌 일반인을 고용해서 쓸 수도 있겠지만, 판데모니엄에는 헌터 밖에 출입할 수가 없다.

"사무 일도 하십니까?"

우현의 물음에 강만석은 낄낄거리며 웃었다.

"시키는 일은 다 하지. 사무도 보고, 지난 번처럼 병아리들 호위도 하고. 가끔 몬스터 잡으러 가기도 하고, 청소도 하고. 다 해, 다."

그는 그렇게 말하면서 의자에서 몸을 일으켰다. 면도를 한 것인지 지난번보다 말끔한 얼굴이었지만, 칙칙하게 죽은 눈은 지난번 보았을 때와 똑같았다.

"뭐 잡아 왔냐? 서류 줘 봐."

우현에게 서류를 건네받고서, 강만석은 눈을 가늘게 뜨고 내용을 훑어보았다.

"영어던데. 할 줄 아십니까?"

우현이 머리를 갸웃거리며 물었다. 그 물음에 강만석은 피식 웃었다.

"몬스터 이름 정도야 읽을 수 있지. 19번 던전이라… 생각보다 멀리 갔구만. 자, 사체 꺼내 봐. 한꺼번에 다 꺼내지 말고, 하나씩 꺼내."

하긴, 이 천막의 크기라면 대형 몬스터의 사체를 모두 꺼냈다가는 감당할 수가 없을 것이다. 우현은 손을 앞으로 뻗으며 말했다.

"브라운 고릴라 먼저 꺼내겠습니다."

"오냐."

우현은 아공간 안에 담았던 브라운 고릴라의 사체를 하나 꺼냈다. 강만석은 그 사체를 가볍게 훑어보고서, 자신의 아공간에 몬스터의 사체를 옮겨 담았다. 우현은 계속해서 몬스터를 꺼냈고, 강만석이 그것을 다시 담았다. 그의 표정이 조금씩 변해갔다.

"이거, 너 혼자 잡은 거냐?"

대뜸 강만석이 물었다.

"예? 아, 예. 저 혼자 잡았습니다."

우현이 대답했다. 그 대답에 강만석의 표정이 조금 굳었다.

'뭐 이리 깔끔해?'

강만석은 믿을 수 없다는 표정이었다. 처음 몇 놈은 제법 괜찮다 싶을 정도였는데, 나중에 나온 놈들은 죄다 상처가 하나 뿐이었다. 일검에 베었다는 뜻이다. 강만석은 침을 꿀꺽 삼키며 우현을 바라보았다. 그는 뭐라고 말을 하려다가 입술을 다물었다. 잠깐의 침묵 후에 강만석이 입을 열었다.

"계속 해."

우현은 머리를 끄덕거리며 계속해서 사체를 꺼냈다. '확실해. 전부 일검에 베었어.' 강만석은 우현의 얼굴을 힐끗거리며 생각했다. 저 수준에 맞지 않는 장비를 입었기는 하지만, 아무리 장비의 보조가 있다 하더라도 이제 갓 헌터가 된 애송이가 19번 던전의 몬스터를 죄다 일검에 베어냈다. 그것이 가능하단 말인가.

'이 새끼, 괴물 아냐?'

강만석이 침을 꿀꺽 삼켰다.

꺼내는 몬스터가 브라운 고릴라에서 슬라빅 재규어로 넘어갔다. 이 역시 일검에 베어진 상처를 보고, 강만석은 할 말을 잃었다. 슬라빅 재규어는 브라운 고릴라보다 한 수 낮은 몬스터로 평가된다. 하지만 그것은 어디까지나 놈이 가진 방어력 때문이었다. 경우에 따라서는 슬라빅 재규어는 브라운 고릴라보다 상대하기가 더 까다롭다. 놈들은 나무 가지 위를 타고 이동하며, 땅을 걷는 헌터를 습격하는 몬스터다. 정면에서 들어오는 브라운 고릴라와는 달리 놈들은 변칙적으로 뛰어다닌다.

그런 슬라빅 재규어를 일검에 베어냈다. 강만석의 놀람은 그것으로 끝이 아니었다. 잘린 넝쿨을 재생해내는 자이언트 네펜데스가 정확히 몸통이 베여진 시체로 내

보여졌고, 견고하고 날카로운 비늘을 가진 스틸 아나콘다도 몸뚱이가 양단된 시체의 모습으로 땅에 놓여졌다. 스틸 아나콘다의 시체를 보고나서 강만석은 벌린 입을 간신히 다물었다.

스틸 아나콘다는 19번 던전의 밀림에서 등장하는 몬스터 중에서 최상위격인 존재다. 방어벽도 단단하지만, 간신히 방어벽을 뚫는다고 해도 저 단단한 비늘은 어찌할 수가 없다. 물론 강만석도 19번 던전의 몬스터 정도는 한 번에 베어낼 수 있다. 하지만 강만석은 B급 헌터고, 우현은 F급 헌터다. 4등급이나 차이가 난단 말이다.

당장 D급 헌터들 중에서 19번 던전의 몬스터를 일검에 베어낼 녀석이 있을까. 좋은 장비를 쓴다면 또 모를까… 강만석은 우현의 장비를 보았다. 소드 메이커의 타이푼2. 좋은 검이지만 그래도 양산형의 한계는 넘지 못한 무기다. 타이푼2 중에서 가장 ATK 점수가 낮았던 것이 450이었던가.

'못해도 ATK 700짜리는 들고 와야 해.'

강만석은 꿀꺽 침을 삼켰다. 아니, 그렇게 생각할 수도 없다. 우현의 등급은 F다. 그것은 우현이 초기 등급 심사에서 우수한 성적을 보였기 때문에 배정된 등급이다. 즉, 사실상 우현은 잠재력이 좋을 뿐이지 헌터가 된 지는 얼마 되지 않은 애송이라고 봐야 한다.

그것은 투기의 양으로 직결된다. 헌터로 각성한 지 얼마 되지도 않은 애송이가, 투기의 양이 많아봐야 얼마나 되겠는가.

그 적은 투기로 몬스터를 일검에 베어냈다고? 최상의 무기도 착용하지 않고? 강만석의 머릿속이 베베 꼬이기 시작했다. 모든 것이 아귀에 맞지 않았기 때문이다.

'아냐. 투기를 존나 잘 다루면… 불가능한 것도 아닌데….'

일 검을 휘두를 때 투기를 완벽하게 집중시킨다면 해내지 못할 것도 아니다. 하지만 강만석은 도저히 그렇게 생각할 수가 없었다. 이제 갓 헌터가 된 애송이가 그렇게 완벽하게 투기를 다룰 수 있을 리가 없다. 적어도 강만석의 상식은 그렇게 외치고 있었다.

"뭐하십니까?"

우현은 입술을 꾹 다물고 미간을 찡그리고 있는 강만석을 향해 머리를 갸웃거렸다. 우현의 부름에 강만석은 화들짝 놀라 머리를 들었다.

"어? 어…."

강만석은 머리를 벅벅 긁었다.

"…미안하다. 내가 다른 생각 하느라… 어… 몇 마리였더라…?"

"어… 브라운 고릴라가 7마리, 두 꼬리 원숭이가 24마리, 슬라빅 재규어 7마리, 자이언트 네펜데스가 3마리, 스틸 아나콘다가 3마리입니다."

"음… 그래. 잠깐만."

많이도 잡았군. 강만석은 혀를 내두르면서 품 안에서 계산기를 꺼냈다. 게다가 저걸 다 혼자서 잡았다는 말이지? 강만석은 우현을 힐끗 보았다. 그가 보기에 우현은 터무니없는 괴물이었다.

"…어디 보자… 고릴라가 210만… 원숭이가 120만… 재규어가 140… 아나콘다가 120… 네펜데스가 45… 다 해서 635만원이네."

계산기를 들여 보던 강만석이 시선을 들어 우현을 보았다. 635만원. 우현은 꿀꺽 침을 삼켰다. 우현의 것에 맞추어졌던 빈곤 근성이 부들거리며 몸을 떨었다. 이틀 동안 몬스터를 잡아서 635만원을 벌었다. 물론, 호정이었을 적에는 하루에 몇 천 만원의 수익을 올렸던 적도 있었다. 하지만 그것은 어디까지나 호정의 이야기다. 지금의 그는 호정이 아닌 우현이었다. 평생 아르바이트라는 것도 제대로 해 보지 못하고, 받은 월급이라고는 군대에서 삽질을 하며 월 십 만원이 조금 넘는 것을 받아 먹은 것이 전부인 우현 말이다.

기껏해야 목돈을 쥐었던 적은 열을 올려 키웠던 게임

캐릭터를 팔아 벌었던 것이 전부. 등급 심사가 끝나고서 일억이라는 돈을 받기는 했지만, 그것도 장비를 구입하고 지도를 구입하느라 다 써버렸다. 하지만 지금은 다르다.

"635만원…!"

우현은 주먹을 불끈 쥐면서 외쳤다. 헌터가 되어, 몬스터를 사냥하여 정당하게 번 돈이다. 장비를 구입한 지 얼마 되지도 않았으니 돈이 나갈 일도 없다! 즉, 이것은 우현이 그대로 저금할 수 있는 돈이란 말이다.

'아, 그래도 어머니한테는 드려야지….'

일단 절반은 어머니에게 드린다 치고, 거기서 현주 용돈도 챙겨 주고… 그렇게 뺄 것 다 빼고도 몇 백이라는 돈이 여유로 남는다. 아니, 여유랄 것도 없다. 던전을 옮긴다면 그곳의 지도를 구입해야 하는데, 거기서 또 돈이 나간다. 빌어먹을 장사치 새끼들. 우현은 주먹을 부르르 떨었다.

"…음, 어찌 되었든…."

강만석은 눈을 끔벅거리면서 우현이 분에 떠는 모습을 보다가, 머리를 벅벅 긁었다. 이것을 대체 어떻게 받아들여야 하지. 물론 강만석이 깊게 생각할 이유는 아무 것도 없었다. 그는 협회 소속의 헌터였고, 지금 같은 경우에는 우현이 잡아 온 몬스터를 확인하고서 그에게 확인증을 끊어주면 될 뿐이다.

다만, 그가 그러지 못하는 이유는 단순히 호기심 때문이었다. 호기심이라기 보다는 마음에 걸린다. 우현은 강만석이 가진 상식과 아득히 벗어난 인물이었으니까.

"…뭐, 그래 봤자 내가 뭘 어쩌겠냐만은."

강만석은 낮은 목소리로 투덜거렸다.

"예?"

우현이 머리를 갸웃거렸다. 강만석은 머리를 벅벅 긁다가 펜을 들었다.

"야, 아까 그 서류 다시 줘 봐."

강만석이 내뱉었다. 우현은 손에 들고 있던 서류를 강만석에게 건네 주었다. 강만석은 몬스터의 이름 옆에 숫자를 적고, 맨 아래에 도장을 찍었다.

"이거, 1층 정산 창구에 갖다주면 된다. 그리고…"

강만석은 입맛을 쩝 다셨다.

"…너. 내가 생각했던 것보다 더 재능이 있는 것 같은데… 내가 선배로서 말 하는 거야. 꼬우면 안 들어도 돼, 꼰대 새끼가 지껄이는 거라 생각해도 좋다고."

"…무슨?"

"길드."

강만석이 내뱉었다.

"길드. 네가 벌써 가입했는지 아닌지는 모르겠는데…
가입 안 했지? 장비 보니까 알겠네. 등급 심사 때 네 성
적이었다면 굵직한 길드에서 러브 콜 왔을 거고, 그런
길드들은 대부분 보급 장비 마련하고 있으니까. 그런데
너, 보급 장비 없잖아. 길드 가입 안 했지?"

"아, 예."

"길드 가입은… 잘 생각해서 해라."

강만석이 얼굴을 왈칵 찡그리며 말했다.

"예?"

우현이 머리를 갸웃거리자, 강만석은 침을 퉤 뱉으면
서 머리를 벅벅 긁었다.

"길드 가입, 잘 생각해서 하라고. 그거… 넋 놓고서
막 하다가는 나중에 크게 데인다."

"…무슨 말씀이십니까?"

"말 그대로야. 생각 제대로 해서 하라고. 길드 가입하
면 이런 저런 혜택 많기는 한데… 복지 잘 해준다고 다
좋은 것은 아니거든. 정신 차리고 보면 네가 받아 먹은
것들이 너를 옭아매는 족쇄가 되어 있을 거야. 그거 억
지로 끊으려 들면 좆되는 거고. 토사구팽이라는 말, 아
냐?"

"…압니다."

"그래. 모든 길드가 그런 건 아니지만… 아, 모르겠다. 이것도 케바케니까, 케이스 바이 케이스. 네 알아서 해라. 그냥, 내가 하고 싶은 말은 이거야."

강만석이 손을 뻗었다. 그는 우현의 어깨를 두드리면서 말했다.

"사람 너무 믿지 마라."

그는 그 말을 끝으로 더 이상 아무 말도 하지 않았다.

"…알겠습니다."

우현은 살짝 머리를 끄덕거리며 천막을 나왔다. 사람을 너무 믿지 말아라. 그 말이 새삼 새롭게 들렸다. 선하가 떠오른 탓이다.

"…완전히 믿는 것도 아니고."

우현은 그렇게 중얼거리면서 손에 들린 서류를 내려보았다. 일단 들어가서 정산금을 받아야 한다. 우현은 다시 협회의 건물로 들어갔다. 그곳에서 우현은 다시 번호표를 받고, 자신의 차례를 기다렸다.

"어? 우현이 형?"

불쑥 목소리가 들렸다. 우현은 머리를 들었다. 시헌이 서 있었다.

"너?"

우현은 놀란 표정을 지으며 몸을 일으켰다. 가장 먼

저 들어온 것은 시헌의 장비였다. 얇은 가죽 갑옷, 그것도 흉갑이 전부다. 그리고 등에 걸친 낡은 창. 우현이 몸을 일으키자, 시헌은 반갑다는 듯이 웃었다.

"이야, 이거 우연이네. 형도 정산받으러 왔어요?"

"아, 응. 너도?"

"네. 제가 이번에 파티장 맡았거든요."

시헌은 머리를 긁적거리며 말했다.

"그래? 어디 던전 갔는데?"

우현은 별 생각 없이 물었다. 그 말에 시헌은 멋쩍다는 듯이 웃으면서 대답했다.

"그, 8번 던전이요."

"8번?"

"네. '바고스의 쉼터'요. 거기서 4인 파티로 사냥했어요. 하루 종일 거기서 굴렀는데… 하하… 140만원 벌었네요. 인당 30만씩 나눠야죠."

140. 네 명이서 하루 종일 사냥해서 140을 번 것이다. 어쩔 수 없는 일이었다. 낮은 던전의 몬스터일수록 싸게 매각되니까. 협회에서 사주지 않는다면 마땅히 사 줄 곳도 없다. 고위 던전의 몬스터는 협회 외에도 장비를 만드는 브랜드 쪽에서 구입하기도 하고, 네임드 몬스터의 사체의 경우에는 헌터가 협회의 참관인을 두고 구입하기도 한다. 하지만 하위 던전의 몬스터에게는 해

당되지 않는 이야기다.

"형은요?"

"…아. 나는 19번 던전에 있었어. 소루나의 밀림."

"…19번… 우와… 엄청 높은 곳에 갔네요? 형이 파티
장이었나보죠?"

"아, 응."

거짓말을 했다. 괜히 시헌의 기를 죽이고 싶지 않았
기 때문이다. 시헌은 부럽다는 듯이 우현의 장비를 보
았다.

"우와… 장비, 엄청 좋아보이네요."

그 말에 우현은 쓰게 웃었다.

"등급 심사에서 지원금이 나왔거든."

"아, 형 F등급으로 배정 됐다고 했죠? 지원금 얼마나
나왔어요?"

"일억."

우현의 대답에 시헌의 입이 쩍 벌어졌다.

"이, 일억?"

시헌이 더듬거리며 말했다. 우현은 머리를 끄덕거렸
다. H등급으로 배정된 시헌은 지원금을 받지 않았다.
시헌이 착용한 장비는 중고품 중에서도 질이 낮은 것들
이었고, 다 해봐야 오백 정도였다. 오백. 적은 돈은 아
니다.

"…크으… 하긴, 형 엄청 잘했으니까… 으아, 부럽다. 좋은 장비 쓰면 어때요? 막 몬스터도 쉽게 잡고 그러죠?"

"…아무래도 그렇지. 그래도 조금 힘들어. 장비 좋다고 다 할 수 있는 것은 아니더라."

우현은 대충 둘러서 대답했다.

"161번님."

창구 쪽에서 우현의 번호를 불렀다. 우현은 몸을 일으켰다.

"미안, 나 정산 좀 받고 올게."

"아, 예. 저도 이만 가 봐야 해서… 19번 던전이라… 나는 언제 거기까지 가려나. 뭐 빠지게 돈 모아야겠네요."

시헌은 머리를 벅벅 긁으면서 대답했다.

"다음에 보자."

우현은 멋쩍은 미소를 지으며 말했다.

"네, 형."

시헌이 머리를 꾸벅 숙였다. 우현은 시헌을 지나치면서 내심 쓸쓸한 기분을 느꼈다. 똑같이 시작했어도 차이는 날 수밖에 없다. 모두가 똑같은 속도로 달리는 것은 아니니까. 애초에 우현은 스타트 라인이 다르기도 하고 말이다.

'마석을 조금 주면….'

아니, 안 된다. 동정심을 가져서는 안 된다. 괜히 동
정을 주었다가는 나중에 붙잡힐 뿐이다. 우현은 끈적거
리는 마음을 뜯어냈다. 당장 우현이 시헌에게 마석을
준다면, 시헌은 분명 강해질 것이다. 하지만 강해진다
고 해서 몬스터를 쉽게 잡을 수 있는 것은 아니다. 작은
실수만 생겨도 죽음으로 이어지는 것이 헌터다. 한 명
이 실수한다면 파티원들이 그를 감당해야만 한다. 거품
처럼 부푼 힘에는 실속이 없는 법이다.

"정산 받으러 왔습니다."

우현은 가슴을 진정시키고서 정산 창구의 앞에 앉았
다.

"오늘도 협회를 이용해 주셔서 감사합니다."

머리를 숙이며 인사하는 직원을 뒤로 하고서, 우현은
협회를 나왔다. 손에는 헌터 전용 카드와 입금 확인 내
역서가 들려져 있었다. 우현은 그것을 잠깐 내려보다
가, 카드는 지갑에 넣고 입금 확인 내역서는 구겨서 쓰
레기통에 던졌다.

기묘한 쓸쓸함이 입안에 맴돌았다. 끊은 담배를 다시
피운 기분이었다. 우현은 말없이 머리를 벅벅 긁었다.
새삼스럽게 뭘. 그런 중얼거림이 의식 한 구석을 머물
렀다. 순진한 척 하지마. 우현은 스스로에게 경고하듯

이 내뱉었다. 이보다 더러운 꼴 더 많이 봤으면서, 뭘 이제 와서.

'의식과 인격이 섞였어. 나답지 않아.'

호정이었다면 어땠을까. 그야, 당연한 일인데. 어찌 사람이 다 똑같을 수 있단 말인가. 다 같은 인간이어도 그 안에서도 계급과 위치는 당연히 존재한다. 가진 능력, 가진 돈, 배경… 그 모든 것이 인간의 가치를 결정하는 것이다. 모든 인간이 그러한데 헌터라고 해서 특별할 것은 없다.

하급 헌터는 당연히 상위 헌터들보다 가난하다. 상위 헌터들보다 능력이 부족하다. 몬스터의 사냥은 철저한 능력제다. 능력이 부족하다면 당연히 돈을 적게 번다. 그것이 빌어먹을 악순환이라고 해도 어쩔 수 없는 일이다.

누구는 네 명이서 하루 종일 굴러서 200도 안되는 돈을 벌었고, 누구는 혼자서 600이 넘는 돈을 벌었다.

그것을 동정해야 할까? 우현은 대답을 낼 수가 없었다. 동정해서, 뭘. 저것이 하급 헌터들이 처한 현실이다. 호정의 세계에서도 똑같았다. 목숨을 걸고 하는 대가로는 너무 싼가. 하지만 일당 30이라면 적은 돈이 아니다. 오히려 많다.

'유지비 빼고서는 남는 것도 없겠지만.'

무기의 내구도는 무한하지 않다. 질이 나쁜 무기일수록 쉽게 망가진다. 그것을 보수하기 위해서는 돈이 든다. 완전히 박살난 무기는 보수할 수가 없다. 새로 사야만 한다. 무기 뿐만이 아니다. 갑옷도 그렇다. 던전을 옮길 때마다 던전의 지도를 구입해야 한다.

그렇다면 부담없는 하급 던전에서 노가다 식의 파밍을 하면? 그렇게 한다면 위험 부담은 줄어든다. 버는 돈역시 줄겠지만 난이도가 낮은 던전이라면 질이 나쁜 장비로도 충분히 선전할 수가 있다.

하지만 그렇게 할 경우에는 등급을 높일 수가 없다. 등급 심사는 분기마다 한 번 씩 있는데, 초기 등급 심사 이후에 배정된 등급을 위로 올리기 위해서는 랭크에 맞는 몬스터를 사냥해야만 한다. 즉, 실적이 필요한 것이다.

결국 악순환이다.

"당연한 건데."

우현은 그렇게 중얼거리면서 머리를 벅벅 긁었다. 호정에게는 당연한 일이 우현의 상식으로는 당연하다고 받아들이지 않는다. 그 불균형이 우현을 혼란스럽게 했다. 이것이 당연하다고 납득하고 머리는 납득하고 있지만, 가슴은 아니라고 말한다. 아주 조금만 도움을 주면되는데….

그런 마음을 구석으로 몰아 넣고서, 우현은 판데모니엄을 나왔다. 불이 꺼진 방 한 복판에 서서 우현은 복잡한 머리를 흔들었다. 시헌과의 인연은 얕다. 초기 등급 심사에서 같은 팀에 배정되었다는 것. 심사가 끝나고 뒷풀이 식으로 만나서 술을 마신 것. 따지고 보면 그것이 전부다. 뭐 대단한 인연은 아니다.

그러니 무시하자. 우현은 결론을 내렸다. 당장은 내 코가 석자다. 우현은 갑옷을 벗고서 일단 샤워를 했다. 샤워를 끝내고서는 무기를 점검했다. 몬스터에게 타격을 입었던 적은 아직 없기에, 갑옷에는 별 문제가 없었다. 검은? 우현은 타이푼2를 들어 빛에 비춰 보았다. 날이 조금 상해 있었다. 베드로사와 싸울 적에 놈의 단단한 몸뚱이를 쉼없이 내리 찍은 탓이리라.

'교체할 정도는 아니군.'

날을 갈아야 할까. 우현은 입맛을 다셨다. 물론 직접 갈 수는 없다. 내일이라도 공방을 찾아가야겠군. 시간은 여섯시가 조금 넘었다. 오늘은 어머니도 조금 늦게 오신다고 하였고, 현주도 친구와 저녁을 먹고 온다고 했으니 시간이 남는다. 우현은 운동복으로 갈아입었다. 헌터가 되기는 했지만 몸을 단련하는 것을 그만둘 생각은 없었다. 복싱장과 검도장은 그만 두었지만, 헬스장은 처음에 등록할 때에 일년치 요금을 지불했다. 그것이 아까워서라도 그만 둘 수는 없다.

집을 나왔다. 우현은 우선 가까운 은행의 ATM기로 가서 어머니의 계좌로 300만원을 송금했다. 이 돈은 사실상 헌터가 되고 나서 처음으로 벌어들인 수익이다. 계좌에 남은 돈을 보니 감회가 조금 색달랐다.

"예전에는 더 큰 돈도 벌었는데."

우현은 그렇게 중얼거리면서 은행을 나왔다. 그는 곧바로 헬스장으로 향했다. 지하에 있는 헬스장으로 들어가니, 로비 쪽에 앉아 있던 트레이너가 우현을 보고 아는 체를 했다.

"어, 우현씨. 며칠 동안 안 나오시더니, 어디 아팠어요?"

"아뇨. 그냥 이런 저런 일로 바빴습니다."

우현은 쓰게 웃으면서 대답했다. 그 말에 트레이너는 의외라는 듯이 머리를 갸웃거렸다.

"허. 우현씨 같이 독한 분이 며칠 안 나올 정도면… 진짜 바쁘셨나 보네요."

그 말에 우현은 어색하게 웃음을 흘렸다. 하긴, 처음 헬스를 시작하고 나서 단 하루도 거르지 않았으니까. 아무리 근육통이 심해도 헬스장에 와서 식은땀을 뻘뻘 흘리며 운동을 했었다. 그렇게 몇 달을 꾸준히 빠지지 않았는데, 최근 며칠은 등급 심사다 뭐다 해서 바쁜지라 일주일 정도 헬스장을 나오지 않았다.

"이제 어느 정도 마무리 되어서 여유가 좀 생겼거든
요."

헌터가 되었다고 자랑하거나 하고 싶은 마음은 없
었기에, 대충 둘러댔다. 손등의 표식이 조금 마음에
걸렸지만, 어차피 웨이트 때에는 장갑을 끼니 남들에
게 보이지는 않을 것이다. 트레이너와 간단한 인사를
나눈 우현은 탈의실에 들어가서 운동복으로 갈아입었
다.

'그러고 보니 이 시간대에 오는 것은 처음이군.'

여태가지 헬스장은 조금 이른 시간에 갔었다. 저녁
즈음의 헬스장은 사람이 꽤 많았다. 이 동네에서 하나
뿐인 헬스장이니 더욱 그럴 것이다. 우현은 신경쓰지
않고 평소의 페이스대로 운동을 하기 시작했다. 스트레
칭에 간단한 유산소를 하고 나서 웨이트를 하기 위해
기구 쪽으로 갔다. 평소 하던 순서대로 기구게 앉아서
한 세트를 마칠 무렵,

"와, 누군가 했네."

목소리가 들렸다. 처음에는 신경쓰지 않았다. 귀에
꽂은 이어폰에서 우현이 즐겨 듣던 힙합이 크게 울렸
다. 이마에 타고 흐르는 땀을 손으로 훔치고, 다음 운동
을 하기 위해 일어섰을 때. 눈이 마주쳤다.

"야, 야!"

자신을 향해 입술을 뻐끔거리는 남자를 보면서 우현은 귀에서 이어폰을 뺐다. 남자는 미간을 씰룩거리며 우현을 바라보고 있었는데, 우현은 남자의 얼굴을 보면서 머리를 갸웃거렸다.

"저 부르셨습니까?"

우현이 물었다. 그 말에 남자의 표정이 묘해졌다. 그는 우현의 얼굴을 가만히 보다가, 시선을 내려서 우현의 몸을 쭉 훑었다.

"…정우현씨 아니에요?"

남자가 슬며시 물었다.

"맞는데요."

우현이 대답하자 남자의 표정이 조금 풀렸다. 아는 사람인가? 우현은 남자의 얼굴을 빤히 보았다. 우현의 기억은 호정의 것과 뒤섞여서 과거의 일은 쉽게 떠오르지 않는다. 우현의 미간이 찡그려졌다. 한참을 기억을 헤집어도 잘 떠오르지가 않았다. 남자는 그런 우현을 어이없다는 듯이 보다가 입을 열었다.

"몇 년 만에 봐서 그런가. 고등학교 동창도 못 알아보나?"

남자가 투덜거렸다.

"동창?"

우현은 작은 목소리로 중얼거렸다. 하지만 기억이 잘 나지 않는 것은 똑같았다. 우현이 머뭇거리자 남자가 답답하다는 듯이 가슴을 두드렸다.

"성균이다, 성균이. 강성균! 기억 안나?"

"아."

이름을 듣자 어렴풋이 기억이 났다. 강성균. 우현이 고등학교 3학년이었을 때, 반의 반장을 하던 녀석이다. 기억이 꼬리를 이으며 계속해서 떠올랐다. 우현의 표정에 조금의 혼란이 어렸다. 그가 기억하는 한 우현과 성균은 그리 친하지 않았다. 고등학교 시절의 우현은 소극적이었다. 친구가 그리 많지 않았다.

반면에 성균은 달랐다. 활발하고 사교성이 좋았던 그는 반 아이들 대부분과 친하게 지냈다. 우현과도 몇 번 이야기를 나누었던 적이 있다. 하지만 우현은 의도적으로 성균과 말을 섞는 것을 피했다.

'열등감 때문에.'

우현은 쓰게 웃었다. 5년 전의 일이다.

"아, 그래. 오랜만이다."

우현은 멋쩍다는 듯이 머리를 긁적거리며 말했다. 그 말에 성균은 입맛을 쩝 다시더니 우현을 다시 살폈다. 성균의 눈에 약간의 놀람이 섞였다. 5년 만에 본 우현이 고등학교 때와는 너무 달랐기 때문이다. 성균은 떡 벌어진 우현의 어깨와, 반팔 소매 아래로 보이는 팔뚝을 힐끗 거렸다.

"어우… 너 많이 변했다? 옛날에는 비쩍 말랐었는데."

"운동 열심히 했거든."

우현은 어색하게 웃으며 대답했다. 시간대를 바꾸니 이런 만남이 생기는 군. 내심 그렇게 생각하면서, 우현은 이 어색함을 어찌 뚫어야 할 지를 고민했다. 애초에 학창 시절 때에도 성균과 그리 친하지 않아서, 둘이 있으니 뭐라 할 얘기가 없었기 때문이다.

"뭐, 요즘 어떻게 지내?"

말문을 연 것은 성균이었다. 무난한 질문이었다. 하지만 우현에게는 아니었다. 그는 곧바로 대답하지 못하고 둘러댈 말을 생각했다. 헌터가 되었다, 라고 말하는 것도 별 문제는 없겠지만, 괜히 귀찮은 일이 생길까봐 걱정되었기 때문이다. 애초에 가족을 제외하고 우현의 지인 중에서는 우현이 헌터가 되었다는 것을 아는 사람이 없었다.

아니, 정확하게 말하자면 우현은 가족 이외에 연락하는 사람이 특별히 존재하지 않는다. 카카오톡에 오는 메시지는 패스트 푸드의 이벤트 정보 뿐이고, 페이스북은 거의 동결 상태다. 현주가 몇 번인가 우현이 헌터가 되었다는 사실을 올리기는 했지만, 좋아요를 누른 적도 없고 우현의 친구 중에서 현주와 페이스 북 친구인 사람도 없으니 연락이 닿지 않았다.

"…그냥, 그럭저럭. 군대 갔다오고…."

"대학교는? 너 대학교 가지 않았나?"

성균이 물었다. 대학교. 자퇴 상태다. 우현은 쓰게 웃었다.

"자퇴했어."

그 말에 성균이 머리를 갸웃거렸다.

"자퇴? 왜? 너 나름 인서울 아니었나…?"

"…그냥, 이런 저런 일이 있어서."

말하기가 버겁군. 우현은 한숨을 삼켰다. 그런 우현의 반응을 보고서 성균도 더 이상 무어라 묻지는 않았다. 그는 뒷머리를 긁적거리더니, 생각났다는 듯이 말했다.

"아, 맞다. 너한테는 얘기 아직 못했구나. 네 번호 아는 사람이 없어서…."

성균은 씩 웃었다.

"그 왜, 곧 있으면 대학교 방학도 끝나고 그러니까… 바빠지기 전에 고등학교 때 애들끼리 한 번 모이기로 했거든."

"…동창회?"

"뭐 굳이 말하자면 그건데… 올 수 있냐?"

성균의 말에 우현은 잠시 입을 다물었다. 동창회라. 고등학교 때 기억은 잘 나지도 않는데… 애초에 고등학교 때의 기억에 공감할 수도 없다. 우현은 뺨을 긁적거렸다. 하지만, 그렇다고 해도

솔직히 말해서 가고 싶었다. 이런 말은 우습지만, 외로웠기 때문이다. 우현의 몸으로 들어오고나서 몇 달을 무미건조하게 살았다. 간신히 사람 냄새를 맡고서 사람과 어울렸던 것은 민아와 시헌, 선하와 함께 했던 뒤풀이 뿐이다. 그 이후는? 또다시 무미건조한 생활로 돌아왔다. 이대로 가다가는 멍하니 몬스터만 잡아대는 기계가 될 것 같았다.

'조금은 사람답게 살아야지.'

밤에 술을 마시고 싶어도 술을 마셔줄 친구가 없다. 사교성이 극악했던 우현은 동네에 친구라 할 만한 존재도 없었던 것이다. 우현의 주먹이 불끈 쥐어졌다. 나름의 기회라고 생각한 것이다.

"언젠데?"

우현이 물었다. 그 물음에 성균은 씩 웃더니 자신의 핸드폰을 꺼내 우현에게 건네주었다.

"일단 네 번호 찍어. 아직 정확한 날짜는 안 정했는데… 아마 이번 달 안으로 모일 거야. 상관없지?"

"응. 나는 무슨 요일이던 괜찮아."

우현은 그렇게 말하면서 성균의 핸드폰에 자신의 번호를 찍어 주었다. 우현의 번호를 받은 성균은 씩 웃더니 우현의 어깨에 손을 올렸다.

"그럼, 내가 날짜 정해지면 연락할게. 난 좀 뛰러 가야겠다."

"아, 그래. 운동 열심히 해라."

영 어색하군. 우현은 억지로 웃으면서 말했고, 성균은 사람 좋은 미소를 짓더니 몸을 돌려 런닝머신 쪽으로 가버렸다. 우현은 막힌 숨을 토해내면서 머리를 벅벅 긁었다.

"…새끼. 좀 친하게 지낼 것이지."

우현은 스스로에게 중얼거리면서 운동을 마저 하기 시작했다.

REVENGE

3. 준비

HUNTING

NEO MODERN FANTASY STORY & ADVANTURE

REVENGE HUNTING

3. 준비

익숙한 적막 속에서 눈을 떴다.

원체 잠이 적었다. 정확히 말하자면 일어나는 시간은 거의 고정이었다. 몇 시에 잠을 자던 일어나는 시간은 항상 오전 5시 쯤. 아무리 늦어 봐야 오전 6시 전에는 눈이 떠졌다. 침대에서 몸을 일으키고, 조금 뻐근한 눈 자위를 손으로 꾹 눌렀다. 창문을 보니 여명의 검푸른 색이 커튼을 적시고 있었다.

침대에서 내려왔다. 커튼과 같은 색으로 물든 방에는 가구가 적었다. 컴퓨터 본체의 파워 버튼이 파란 빛으로 점멸하는 것에 순간 시선이 갔다. 그것을 멍하니 보다가 선하는 방을 나왔다.

넓은 집이었지만 그녀의 발소리를 제외하고서는 집 안에서 들리는 소리는 없었다. 선하는 냉장고로 가서 물을 꺼내 마셨다. 패트병을 완전히 비우고, 그녀는 빈 패트병을 구겨다가 재활용 쓰레기 봉지에 넣었다. 그리고나서는 화장실로 가서 이를 닦았다. 거울에 비치는 얼굴을 보았다. 창백하게 질린 얼굴을 가만히 노려보았다. 식은땀 때문에 이마에 달라붙은 앞머리를 손으로 긁어 떼어내고, 손으로 물을 받아 얼굴에 끼얹었다.

악몽을 꿨다.

조깅복으로 갈아입고 나서 운동화를 신었다. 문을 열고나서 숨을 크게 마셨다. 개라도 키울까. 널따란 정원을 지나면서 그런 생각을 했다. 저 넓은 집에 혼자인 것이 어색했다. 반려동물에 대한 생각은 예전부터 하였지만, 생각만 할 뿐 알아 본 적은 한 번도 없었다. 잘 해 줄 자신도 없었고, 신경 써 줄 자신도 없었기 때문이다.

여름이었지만 아침의 공기는 조금 서늘했다. 선하는 걸치고 있던 후드티의 모자를 올려썼다. 그리고는 핸드폰에 연결한 이어폰을 귀에 꽂았다. 정원을 따라 내려가면서 음악을 고르고, 커다란 문을 열고 집을 완전히 나왔을 때, 천천히 달리기 시작했다.

그녀의 아버지가 마스터로 있던 제네시스는 봉사에

가깝게 레이드를 지원하였지만, 그렇다고 해서 돈을 아예 받지 않았던 것은 아니다. 상위 길드의 경우에는 체면 때문이라도 꽤나 많은 수고비를 주었고, 돈을 지불하지 못하는 하위 길드에서도 사체의 분배는 확실히 챙겼다. 그녀의 아버지는 판데모니엄이 생겨난 초기의 각성자였던 탓에, 헌터 일을 하면서 상당히 많은 부를 쌓았다. 저 커다란 집도, 재산도. 결국에는 지금은 선하의 것이다.

헌터 일을 하지 않아도 평생은 먹고 살만한 돈이 있었다.

하지만 선하는 헌터가 되어 다행이라고 생각했다.

밤새 꾸었던 악몽은 내용이 잘 기억나지 않았다. 다만 확실했던 것은, 꿈에서 아버지가 나왔다. 아버지가 무엇을 하였는지, 무어라 말을 하였는지 역시 기억이 나지 않는다. 하지만 그것은 악몽이었다.

기분이 나빴다.

기억하는 아버지의 모습은, 항상 바빴다는 것. 하지만 그렇다고 해서 선하의 아버지가 선하에게 소홀했던 것은 아니었다. 선하의 어머니는 선하를 낳고서 죽었기에, 선하에게 있어서 유일한 가족은 그녀의 아버지인 강상중 뿐이었다.

강상중은 선하에게 어머니의 부재를 느끼지 않게 하

기 위해 필사적이었다. 선하 역시 강상중이 어머니의 필요성을 느끼지 못하게 하기 위해서 최선을 다해 바람직한 딸의 모습으로 살아왔다. 그런 자각은 선하가 어렸던 초등학생 때부터 쭉 이어졌다. 공부도, 체육도, 뭐 하나 부족함이 없었다. 성적은 언제나 좋았고, 덕분에 선하는 원하는 대학에 쉽게 진학할 수 있었다.

강상중이 헌터가 된 것은 선하가 대학생이 되었을 때였다. 지금은 조금 달라졌지만, 판데모니엄과 몬스터가 나타났을 때 초기의 헌터들은 어마어마한 혜택과 금액을 지원받았다. 그것은 당연한 일이었다. 당시 사람들은 갑자기 튀어나오는 몬스터를 이해하지 못했고, 대응하지도 못했다. 군대와 병기는 몬스터의 방어벽을 뚫을 수가 없었다.

사실 그때 나타났던 네임드 몬스터들은 1번 던전에서 출현하던 놈들로, 그리 강한 몬스터는 아니었다. 하지만 아무리 약한 몬스터라도 죽이는 것이 불가능하다면 위협적이다. 약한 몬스터라도 인간의 몸뚱이를 찢어발길 힘은 가지고 있었으니까.

그런 몬스터들을 유일하게 상대할 수 있는 것이 헌터였다. 당연히 국가는 초기의 헌터들이 조금의 부족함도 느끼지 않게 하기 위해 지원을 주었고, 판데모니엄의 존재가 밝혀지고 나서는 미지의 던전을 탐험하고 공략

하기 위해 더한 지원을 주었다. 그 과정에서 초기의 헌터들은 막대한 부를 쌓았다. 강상중 역시 그 혜택을 본 헌터였다.

삶의 질이 몇 단계는 높아졌다. 강상중은 바빠졌고, 선하는 대학교를 다니는 것에 바빴다. 부녀가 얼굴을 맞대는 것이 힘들어졌지만, 선하가 보았을 때에 강상중은 언제나 환하게 웃고 있었다. 몬스터, 판데모니엄, 모든 것이 미지의 것들이었지만 최전선에서 그것에 맞선다는 것은, 당신에는 인류의 존망을 어깨에 짊어지고 있다는 것과 똑같이 취급되었다. 강상중은 그것에 자부심을 품고 있었다.

자부심만큼 실력이 따라 주었다. 강상중과, 그가 만든 제네시스 길드는 수는 적었지만 모두가 뛰어난 헌터들이었다. 미국을 대표하는 길드인 럭키 카운터의 길드마스터인 막시언 밀리베이크가 강상중과 의형제를 맺었고, 다른 나라의 길드 역시 새로운 네임드 몬스터를 레이드 할 때면 제네시스에게 손을 뻗었다.

1년 전의 이야기다.

한참을 뛰고서 집으로 돌아왔다. 아침의 서늘함은 많이 가셨지만 텅 빈 집은 여전히 싸늘하게 느껴졌다. 선하는 샤워를 하고 거실로 나왔다. 식욕이 없었지만 억지로 밥을 먹었다.

식사를 끝내고서는 무기를 점검했다. 이 넓은 집에는 아예 무기를 보관하는 방이 따로 있을 정도였다. 검부터 시작해서 창, 도끼 등. 강상중은 다양한 무기를 고루 다루었고, 그가 쓰던 무기들은 그대로 선하에게 계승되었다.

하지만 선하가 고집하는 무기는, 40번 던전의 보스 몬스터인 가르비샤의 사체를 써서 쿠로쟈쿠라에 주문 제작을 넣은 '쿠모고로시' 였다. 의뢰를 넣은 것은 강상중이었지만, 사실 강상중은 이 무기를 단 한 번도 휘두르지 못했다. 쿠로쟈쿠라에 제작 의뢰를 넣고, 무기가 완성되기도 전에 그가 죽었기 때문이다.

선하는 쿠모고로시의 검은 칼날을 마른수건을 닦았다. 그녀가 이 무기를 고집한 이유는 간단했다. 이것이 가장 뛰어난 무기였기 때문이고, 강상중이 한 번도 휘두르지 못했던 무기이기 때문이었다. 43번 던전의 보스 몬스터였던 고쿤 모르쟈. 당시 놈의 레이드에 참가했던 이들은 태반이 죽어 돌아오지 못했다. 그나마 살아남은 것은 럭키 카운터 뿐이었고,

그 일로 인해 럭키 카운터는 미국을 대표하는 길드가 아닌, 세계를 대표하는 길드가 되었다.

[오늘 뭐 해요?]

핸드폰이 울린 것은 선하가 멍하니 소파에 앉아 시간

을 보낼 때였다. 불이 들어온 액정이 비추는 시간은 오전 11시. 선하는 핸드폰을 끌어다가 카톡을 열었다. 메시지를 보낸 것은 우현이었다.

[집에 있어요.]

[사냥하러 안 가요?]

곧바로 답장이 돌아왔다. 선하는 무표정한 얼굴로 핸드폰을 두드렸다.

[오늘은 쉬는 날이에요.]

원래 그런 날을 정해 둔 것은 아니었지만. 선하의 대답에 답장이 조금 느리게 돌아왔다.

[같이 밥이나 먹을래요? ^^;]

돌아 온 카톡을 보고서 선하는 눈을 깜박거렸다. 그녀는 풋 웃어버렸다.

◎

"스물네 살의 남자가 보내는 카톡치고는 너무 뻣뻣한 거 아니에요?"

선하가 키득거리며 물었다. 밥을 먹으러 가기 전에, 둘은 가볍게 이야기라도 나눌 겸 카페에 왔다. 커피를 받아 온 우현은 살짝 움찔거리다가 대수롭지 않다는 듯 웃으며 선하의 앞에 앉았다.

"제가 원래 그런 것을 잘 안해서요."

그는 선하가 주문했던 커피를 그녀의 앞에 놓았다.

"우현씨는 가끔 보면, 나이답지 않아요."

선하가 지적했다. 그 말에 우현은 조금 어이가 없다
는 듯이 선하를 바라보았다.

"선하씨도 똑같잖아요?"

그 말에 선하는 잠깐 입술을 다물고 머리를 갸웃거렸
다. 그런가? 내심 생각해 보던 선하는 피식 웃었다.

"저는 예전부터 그랬어요. 조숙하다는 소리를 곧잘
들었죠."

"저도 그랬습니다. 철이 일찍 들었다고들 하더군요."

얼굴 하나 바꾸지 않고 거짓말을 했다. 우현의 너스
레에 선하가 피식 웃었다. 그녀는 차가운 커피를 스틱
으로 휘휘 저었다.

"설마 우현씨가 밥을 먹자고 연락을 하실 줄은 몰랐
는데."

"친해지는 편이 좋지 않을까, 라고 생각했거든요."

우현은 어깨를 으쓱거리며 대답했다. 친해진다라. 선
하는 커피를 홀짝거리며 우현 쪽을 힐끗 보았다. 같이
길드를 만들기로 하였으니, 이전처럼 거리를 두는 것보
다는 친해지는 편이 나으리라. 그러고 보니 선하와 우
현은 동갑이었다. 우현씨, 우현씨… 우현. 마음 속으로 이름으로 부르는 것을 상상해 보았고, 잘 어울리지가 않았기에 선하는 피식 웃었다.

"저는 이미 우현씨와 친하다고 느끼는데요?"

살짝 웃으며 물었다. 그 물음에 커피에 설탕을 붓고 있던 우현이 머리를 갸웃거렸다.

"그래요? 저는 좀 거리가 있다고 느꼈는데."

아무렇지 않게 툭 던지는 말이었다. 선하는 자신도 모르게 웃어버렸다.

"너무한 것 아니에요?"

"어쩔 수 없잖아요. 저희, 동갑인데 말도 안 놓고."

"그럼 말 놓을까요?"

그 말에 우현은 눈을 동그랗게 뜨고 선하를 바라보았다. 그 시선이 이상하다는 듯이 선하는 머리를 갸웃거렸다.

"왜요?"

되묻는 말에 우현은 머리를 흔들었다.

"아뇨, 그냥 좀 놀라서. 저는 계속 선하씨를 보고 선하씨라 불러야 할 줄 알았거든요."

"말을 높이는 것으로 서로 거리감이 생긴다면, 말을 놓으면 되는 것 아닌가요? 아니면 저와 거리를 두는 편이 좋으신가요?"

"아뇨, 아뇨. 그런 건 아니죠. 그럼 말 놓습니다?"

"편하신대로 하세요."

못해도 앞으로 반 년. 우현과 선하는 같이 헌터 생활을 해야만 했다. 반 년 후에는 어떻게 될지 모르지만, 같이 지내는 동안은 친밀하게 지내는 편이 낫겠지. 그편이 손을 맞추기도 편할 것이고. 선하는 내심 그렇게 납득했다. 우현은 어색하다는 듯 입술을 우물거리다가 간신히 말을 뱉었다.

"…선하야."

"엄청 오그라드네."

선하는 어깨를 부르르 떨면서 중얼거렸다. 그 말에 우현은 헛웃음을 터트리면서 커피를 마셨다.

"이름으로 불러서 그런가. 별명이라도 지을까?"

그 말에 선하는 기묘하다는 듯이 우현을 바라보았다.

"너, 역시 좀 아저씨 같아."

"…뭐 어때?"

우현은 그렇게 중얼거리면서 커피를 내려놓았다. 조금 쓴가. 우현은 입맛을 다시다가 선하를 힐끗 보았다. 갑작스레 선하에게 만나자고 한 이유는 별 것 없었다. 선하는 나중에 따로 연락을 해 준다고 했었지만, 베드로사를 잡은 이후로 선하에게 온 연락은 없었다. 내심 다음에 잡을 몬스터가 무엇인지 궁금하기도 했고, 선하와는 친해져서 나쁠 것이 없다고 생각했다.

"같이 사냥하기로 했는데, 도통 연락도 없고. 배는 고픈데 같이 밥 먹을 친구는 없고. 그래서 연락한 거야."

"당장 잡을 수 있는 네임드 몬스터가 없는 걸."

선하의 말을 듣고 우현의 눈이 가늘어졌다.

"다음에 잡을 몬스터가 뭔데?"

곧바로 물었다. 그 물음에 선하는 잠시 생각하는가 싶더니 입을 열었다.

"바바론가. 23번의 네임드 몬스터야. 켄타우로스, 알아?"

"응."

우현은 어렵지 않게 그 모습을 떠올릴 수 있었다. 하반신은 말이고, 상반신은 인간인 괴물. 선하가 말을 이었다.

"23번 던전은 초원이야. 비행형 몬스터도 등장해서 좀 까다로워. 바바론가도 까다로운 몬스터고. 베드로사는 패턴이 단순하고 동작이 느려서 우리 둘로도 잡을 수 있었지만… 바바론가를 잡을 때에는 파티를 해야 해."

마침 잘 됐네. 선하가 빙글 웃었다.

"이왕 만난 거, 작전이나 짜자. 일단 내가 구상하고 있는 파티는 넷이야. 너랑, 나… 그리고 전문 탱커랑, 원거리 딜러. 네가 탱킹을 하는 편도 괜찮을 것 같기는 한데, 위험부담이 좀 있을 것 같아서."

"하나 물어봐도 돼?"

선하의 이야기를 듣고 있던 우현이 입을 열었다.

"뭘?"

선하가 되물었다.

"그, 바바론가라는 놈. 어떻게 생겼는지 알아?"

"음… 나도 당연히 직접 본 적은 없고. 영상으로 본 것이 전부인데… 몸길이는 버스랑 비슷하고, 높이는 5m 정도. 양 손에 검을 쥐고 있어."

역시 그렇군. 우현은 피식 웃었다.

"내가 탱커할게."

"진심으로 하는 말이야?"

농담이라는 식으로 받아들이지 않았다. 선하는 진지한 표정으로 우현을 바라보며 물었다. 물론, 우현 역시 농담으로 한 말은 아니었다. 그는 선하의 시선을 받으면서 천천히 머리를 끄덕거렸다.

"응. 마석은 제외기는 하지만, 탱커에게 30%의 정산금도 떼어줘야 하잖아."

"돈은 문제가 안 돼."

선하가 말을 잘랐다.

"고작 돈 몇 푼 아끼기 위해서 한 말이라면 그만 둬. 객기 부리는 헌터만큼 빨리 죽는 헌터도 없으니까."

선하는 눈에 힘을 주고서 우현을 쏘아 보았다. 아무

래도 오해를 하게 한 것 같았다. 우현은 어깨를 으쓱거리면서 머리를 흔들었다. 하지만 그렇다고 해서 마냥 솔직하게 설명할 수도 없지 않은가. 적어도 선하는 우현과 같은 기분에 공감할 수는 없다.

그렇다면 납득을 시켜야 한다. 탱커가 필요 없다고 생각한 이유. 다른 탱커를 쓸 것 없이, 우현이 탱킹을 할 수 있다고 생각한 이유.

거짓말로라도 선하의 납득이 필요했다.

"…경험이 중요하다고 생각 해."

우현은 잠시 생각하다가 입을 열었다.

"경험?"

선하가 곧바로 말을 받았다. 우현은 선하의 시선을 피하지 않고서 머리를 끄덕거렸다.

"응. 네가 바라는 것은, 제네시스 길드를 다시 만드는 것이잖아. 그렇지?"

"제네시스의 재건과 이 문제가 무슨 상관인지 잘 모르겠는데."

"우리는 수가 적어."

야, 말 좀 끊지 마라. 우현은 한숨을 삼키며 말을 이었다. 좀 느긋하게 대화를 진행하면서 그럴 듯한 핑계거리는 떠올리려고 했는데, 선하가 즉각적으로 반발을 계속하니 생각을 이어 갈 틈이 없다. 우현의 말을 듣고서 선하의 눈썹이 실룩거렸다.

"수가 적어. 그래서?"

"난 솔직히, 과거의 제네시스 길드가 어땠는지 몰라. 하지만 나 나름대로 조사는 해 봤어. 다들 굉장한 헌터셨던데."

이것은 거짓말이 아니었다. 선하에게 제네시스 길드의 이야기를 듣고서, 우현은 슬레이어즈를 포함한 헌터 게시판을 돌아다니며 제네시스에 대해 알아보았다. 선하가 했던 말대로, 제네시스는 소규모 길드였음에도 나래나 화랑같은 한국의 대형 길드들에게 조금도 밀리지 않던 길드였다. 오히려 네임드 몬스터의 레이드에 관해서는 다른 대형 길드를 압도했었다고 한다. 즉, 그들은 레이드에 관해서는 다른 헌터들보다 압도적인 경험치와 실력을 보유했던 프로페셔널이었다.

"하지만 우리는 어때? 길드 신청 인원도 채우지 못한 것은 둘째 치고. 제네시스라는 이름을 붙일 정도로 실력이 있는 것도 아니잖아."

"그건 당연한 거야."

선하는 냉정한 목소리로 말했다.

"우리는 경험이 너무 적어. 그건 나도 마찬가지야. 사실 헌터가 된 것은 일 년 전이라고 하지만, 몬스터와 처음 싸운 것은 기초 심사 때가 처음이었어. 너는 말할 것도 없고."

"그래. 우리에게 중요한 것은 경험이야."

솔직히 궤변이다.

"제네시스를 재건하기 위해서는 과거 제네시스의 반만큼이라도 따라가야 해. 실력과 경험은 뭐, 하다보면 생기겠지. 하지만 너무 오래 걸려. 무리를 할 필요가 있어."

"무리해서 죽으면?"

선하가 내뱉었다.

"죽으면 다 끝이야."

치켜 뜬 눈이 우현을 쏘아 보았다. 주눅이 들 만큼 매서운 시선이었다. 하지만 우현은 물러 설 생각이 없었다. 단순한 객기로 탱커를 맡겠다고 한 것은 아니다.

"안 죽으면 되잖아."

우현은 안심하라는 듯이 웃었다.

"나라고 해서 괜히 허세부리고 싶어서 탱커를 하겠다고 한 것은 아니야. 그리고, 내가 말했지? 경험이 필요하다고. 우리는 두 명이야. 사람이 늘어나 봤자 많이 늘어날 것 같지도 않고⋯ 적어도 우리는 우리끼리 네임드 몬스터를 잡을 정도는 되어야 한다고 생각 해."

목소리가 너무 큰가. 우현은 주변을 쓱 둘러보았다. 점심이 조금 지난 카페에는 사람이 제법 많았다. 우현은 허리를 살짝 낮추고 선하 쪽으로 몸을 기울였다.

"베드로사의 경우에는 우리 둘이서 딜러와 탱커의 역할을 공동으로 수행했지. 베드로사는 그래도 되는 몬스터였어."

호정의 견해였다. 베드로사는 몸집이 크고 움직임이 둔했다. 그만큼 방어력이 높고 힘이 셌지만, 너무 둔했던 놈의 움직임은 두 명으로도 충분히 커버할 수 있을 정도였다. 물론 사람이 더 많았다면 안정적이고 빠르게 사냥은 가능하다. 하지만 베드로사처럼 느리고 동작이 큰데다 덩치까지 큰 놈은 긴장과 대처만 받쳐주고, 육체만 따라준다면 혼자서도 잡을 수 있다.

"하지만 바바론가는 달라."

우현은 바바론가와 싸워 본 적이 없다. 호정 역시 마찬가지다. 호정은 바바론가라는 몬스터를 알지 못한다.

하지만 알고 있다.

"길이는 버스 정도, 약 7m라고 치자. 높이는 5m. 생김새는 켄타우로스. 양 팔에 검을 들고 있다. 전체적인 크기만 치면 오히려 베드로사보다 클 지도 몰라. 결정적인 차이는, 둔했던 베드로사와는 달리 놈은 민첩하다는 것. 베드로사는 움직임과 공격 모든 것이 느렸지만 놈은 빨라."

까다롭다. 탱커가 녀석을 확실히 붙잡아두지 못한다

면, 놈은 사방으로 날뛸 것이다. 인간의 다리로 말을 쫓을 수 있을까? 물을 것도 없다. 놈이 날뛰기 시작한다면 헌터는 놈을 잡을 수가 없다.

"네 말이 맞아. 그래서 전문적인 탱커가 필요한 거야."

"아니, 탱킹은 내가 해."

우현은 선하의 말을 끊었다. 선하의 미간이 찡그려졌다.

"객기…."

선하가 날카로운 목소리로 말을 토하려 했지만, 우현은 손을 들어 선하의 말을 가로 막았다.

"내가 말했잖아. 우리는 자체적으로 네임드 몬스터를 잡을 정도는 되어야 한다고. 또 말했지? 객기 부리는 것 아냐. 무리할 생각도 없고 죽을 생각도 없어. 누구나 처음은 있잖아. 그 처음을 극복해야 다음이 있는 거고."

사실, 나는 탱커는 아니지만.

"나중에 전문 탱커라도 길드에 가입시킬 거야? 노련한 헌터는 신뢰할 수 없다. 네가 한 말이야."

"…나중에 자리가 잡히고서…."

"그때까지 탱커는 다른 곳에서 불러다 쓰겠다? 말 참 쉽군."

우현이 이죽거리자 선하는 욱하는 심정으로 우현을 노려 보았다. 그 뾰족한 시선을 우현은 웃음으로 받아 넘겼다.

"탱커는 고급 인력이야."

탱커는 생각해야 할 것이 많다. 딜러와는 마음가짐 도, 몬스터와 싸우는 자세도 다르다. 탱커는 파티의 중심이고 레이드의 중심이다. 가장 큰 발언력을 가지며 가장 큰 비율을 갖는다. 얼마나 뛰어난 탱커가 있느냐가 레이드의 성공률을 가르며 뛰어난 탱커의 존재는 파티와 길드의 수준을 가르는 척도가 된다.

"우리에게 필요한 것은 탱커야. 제네시스에게 필요한 것도 탱커고. 머릿수만 채워서 길드 만드는 것은 누구나 할 수 있어. 하지만 그렇게 만든 길드가 네가 만들고 싶은 제네시스야? 아니잖아."

선하가 말할 틈을 주지 않는다. 우현은 고집스레 의견을 몰아 붙였다. 무리하는 것이 아니다. 객기를 부리는 것도 아니다. 이미 한 번 죽은 몸이고, 또 죽는 것은 사양이다. 그럼에도 고집을 부리는 것은

우현 스스로도 시험해 보고 싶은 것이 있어서다.

"지금 제네시스에는 우리 둘 뿐이야. 우리 중 하나는 탱커의 역할을 수행할 수 있어야 해. 그리고 그 역할은 너보다 내가 낫다고 봐. 네가 탱커로 빠지면 딜러진에

공백이 너무 커."

"…탱커는 아무나 할 수 있는 것이 아니야."

선하가 조금 누그러진 태도로 중얼거렸다. 그 말에 우현은 씩 웃었다.

"나도 알아. 시도라도 해 보자고. 반드시 성공해야 하는 이유는 없잖아. 정 안되면 도망치면 되는 것 아냐?"

궤변이다. 단순히 자신의 의견을 밀어붙이고 조르고 있을 뿐이다. 하지만 선하는 심란한 얼굴로 우현을 바라보았다. 어느 정도는 우현의 말에 공감하는 듯 했다. 현재 제네시스는 우현과 선하 둘 뿐이다. 탱커의 역할을 수행할 수 있는 헌터는 없다. 전문 탱커를 초빙할까. 하지만 신뢰할 수가 없다. 네임드 몬스터의 출현 정보는 부르는 대로 팔릴만한 값어치를 지니고 있다. 선하가 우현을 선택했던 것도, 우현이 신입 헌터였기 때문이다. 선하가 통제할 수 있다고 생각했기 때문이다.

"…일단 보류."

선하는 가느다란 한숨을 내쉬었다. 우현의 고집을 꺾을 수 없다고 생각했고, 우현의 말에도 어느 정도 일리는 있다고 생각했기 때문이다. 레이드에 있어서 탱커의 존재는 필수불가결이다. 길드에서도, 파티에서도 마찬가지다.

둘 중 하나가 탱커의 역할을 수행할 수 있게 되는 것이 가장 이상적이다. 처음이 없으면 다음도 없다… 하지만 처음이 갖는 허들이 너무 높다. 선하는 복잡한 기분이었다. 그녀는 테이블에 올려 두었던 핸드폰을 붙잡았다.

"…이리 와 봐."

선하가 말했다. 그 말에 우현은 순간 이해하지 못하고 머리를 갸웃거렸다. 그런 우현을 보면서 선하의 미간이 왈칵 찡그려졌다. 그녀는 옆의 의자를 손으로 빼면서 다시 말했다.

"옆에 와서 앉아."

"진작에 그렇게 말하지."

우현은 투덜거리면서 몸을 일으켰다. 우현이 선하의 옆에 앉자, 선하는 입술을 삐죽 내민 체로 핸드폰을 조작했다. 그녀는 슬레이어즈 홈페이지에 들어가 로그인했다. 우현은 선하의 액정을 바라보다가 입을 쩍 벌렸다. 선하의 회원 등급을 본 것이다.

"뭐이리 높아?"

"돈을 많이 넣었으니까."

선하가 투덜거렸다. 금액을 지불하면 슬레이어즈가 보유한 던전 정보나 몬스터의 정보의 열람이 가능하다. 우현은 고작해야 던전의 지도를 구입한 것에 그쳤지만,

선하의 회원 등급은 그 정도가 아니었다.

"…돈 되게 많나 보네."

"몰랐어? 나 돈 많아. 엄밀히 말하자면 내 돈은 아니지만."

"그러면 커피는 네가 사."

우현의 말에 선하는 미간을 찡그리며 우현을 보았다. 그 시선에 우현은 찔끔하여 턱을 당겼다.

"…더치 하자."

그 말에 선하는 피식 웃었다.

"당연히 그래야지."

그녀는 그렇게 말하면서 핸드폰의 액정을 몇 번 두들겼다. 약간의 버퍼링 끝에 동영상이 재생되었다. 광활한 초원이 보였다. 그리고, 거대한 몬스터가 보였다. 네 개의 다리, 커다란 몸. 놈의 모습이 영상에 완전히 담긴 순간, 우현은 알 수 있었다.

'비슷하게 생겼네.'

바바론가다. 놈의 앞으로 한 남자가 걸어갔다. 묵직해 보이는 붉은 갑주에 커다란 방패와 랜스로 무장한 헌터였다.

"혼자?"

우현이 중얼거렸다. 그 말에 선하는 가만히 머리를 끄덕거렸다.

"나래의 길드 마스터인 최우석이야. SS등급의 헌터지. 국내에서는 가장 뛰어난 헌터라고 평해지고, 세계적으로도 먹히는 레벨의 탱커기도 해. 이건 최우석이 슬레이어즈에 제공한 바바론가 사냥 영상이야."

선하가 말하는 중에 바바론가가 최우석을 포착했다. 바바론가가 크게 울부짖더니 앞발을 공중으로 들었다.

쿠웅!

놈의 앞 발이 땅을 내리 찍었다. 영상이었지만 느껴지는 박력은 엄청났다.

"…볼륨 좀 낮춰."

우현의 중얼거림에 선하는 흠칫 놀라 주변을 돌아 보았다. 몇몇 사람들이 이쪽을 향해 눈총을 주고 있었다.

"…빨리 좀 말하지."

선하는 그렇게 중얼거리며 핸드백에서 이어폰을 빼더니 핸드폰과 연결했다. 선하는 한쪽은 자신의 귀에 꽂고, 다른 한쪽을 우현에게 건네 주었다. 우현은 선하의 옆에 바짝 붙어 이어폰을 귀에 꽂았다.

"…너무 붙지 마."

"멀리서는 안 보여."

우현은 그렇게 투덜거리면서 핸드폰을 향해 머리를 기울이고 영상에 집중했다. 바바론가가 최우석을 향해 달려들었다. 달리면서 양 손에 쥔 검을 크게 휘두른다.

최우석은 두 발을 어깨 넓이로 벌리고서 커다란 방패를 전면으로 치켜 들었다. 피하지 않는다.

꽈앙!

이어폰으로 큰 굉음이 울렸다. 바바론가가 휘두른 검이 최우석의 방패를 두들겼고,

최우석은 조금도 뒤로 밀려나지 않았다.

'제법이네.'

우현의 눈이 예리해졌다.

숨소리도 낮췄다. 입술은 꾹 다물었고 눈에는 힘을 주었다. 우현은 선하의 핸드폰으로 머리를 기울이면서, 영상을 조금도 놓치지 않고 집중했다.

가장 먼저 느낀 것은 최우석의 실력이었다. SS급이라고 했던가. 이 세계에서의 랭크 기준은 호정의 세계와 거의 비슷했다. 즉, 최우석은 호정과 같은 랭크의 헌터라는 말이다. 확실히 최우석의 실력은 뛰어났다. 한국에서는 제일이라 꼽히고 세계에서도 먹히는 탱커라 할 만 했다.

'전형적인 방어형 탱커로군.'

공격형의 탱커는 흔하지 않다. 탱킹의 위험부담이 너무 크기 때문이다. 아무리 육체를 강화하고 좋은 장비를 껴 입는다고 해도, 높은 던전의 몬스터일수록 강한 것은 당연한 것이다. 공격형 탱커는 방어보다는 공격으

로 몬스터의 시선을 끌면서 정면 포지션을 고수한다. 까닥 실수 하나 했다가는 목숨이 날아간다.

물론 장단점은 있다. 방어형은 안정적이다. 실수가 용납된다. 무엇보다 방어에 집중하니 탱커는 오히려 자신의 목숨을 확실히 챙길 수 있다.

반면에 공격형은 안정적이지는 않다. 실수 하나가 자신의 목숨에 직결된다. 하지만 오히려 몬스터의 이목을 붙잡는 것에는 방어형보다 뛰어나다.

'공격 타이밍도 좋고.'

하지만 방어형이라고 해서 가드만 올리고 있는 것은 아니다. 앞에서 방패만 들고 있다면 몬스터의 이목을 끌 수가 없다. 방어형이라도 방어 중간 중간에 틈을 보고 공격을 섞어야만 한다. 하물며 지금의 영상은 최우석의 바바론가 1인 사냥 영상이다. 방어만 계속 해 봤자 바바론가는 잡을 수 없다.

바바론가는 빠르다. 크게 휘두르는 쌍검. 하지만 최우석의 방어는 견고하다. 뚫리지 않는다. 묵직한 갑옷과 두꺼운 방패. 그 자체만의 무게도 엄청나 보이는데, 최우석은 바바론가의 공격을 받을 때마다 조금 몸이 들썩거리는 것이 전부다.

'방패와 갑옷의 재질 때문이겠지.'

충격을 흡수하는 몬스터의 사체를 사용한 것일까. 단

순히 육체 강화만으로는 저렇게까지 부드럽게 충격을 넘길 수 없다. 방어는 영원하지 않았다. 바바론가의 공격이 거두어지는 순간, 최우석은 방패를 옆으로 밀어내면서 손에 쥐고 있던 랜스를 크게 찔렀다. 묵직한 일격. 바바론가의 거구가 뒤흔들릴 정도다.

'방패도 사용하는 군.'

그리고 스텝. 휘둘러 치는 공격은 받아내고, 내리찍는 공격이 들어오는 순간 발로 땅을 걷어 찬다. 바바론가의 검이 땅에 박히는 순간 들고 있던 방패를 전면으로 뻗어내며 놈의 다리를 갈긴다.

영상은 30분 동안 이어졌다. 우현은 그 시간 동안 아무런 말도 하지 않고 영상을 보았다. 우현이 집중하는 모습을 힐끗거리며 보던 선하도 입술을 다물고 영상에 집중했다. 바바론가의 방어벽이 박살나고 나서는 최우석은 보다 공격적으로 태도를 바꾸었다. 쉼없이 묵직한 랜스가 쏘아졌고 방패가 바바론가의 다리를 두드렸다. 놈의 다리가 꺾이고 무너지고 나서는 더 볼 것도 없었다.

"…흠."

영상이 끝났다. 우현은 기울이고 있던 몸을 꼿꼿이 세우며 턱을 당겼다. 그는 미간을 살짝 찡그리고서 손으로 턱을 어루만졌다. 선하는 그런 우현을 보면서 그럴 줄 알았다는 듯이 짓궂은 미소를 지었다.

"실제로 보니 자신없지?"

기세 좋게 직접 탱커를 하겠다고 말은 했지만, 막상 보니 자신이 없어진 것이리라. 선하는 그렇게 생각했다. 우현은 대답하지 않고서 스틱을 들어 커피를 빙글빙글 저었다.

"포지션."

우현의 입이 열렸다. 선하의 눈썹이 조금 씰룩거렸다. 우현은 잔을 들어 조금 미지근해진 커피를 한 모금 마셨다.

"일단 내가 보기에는 가장 이상적인 파티는 다섯이야. 내가 정면으로 가고, 둘 둘 씩 해서 양 옆에 붙으면 되겠네."

"뒤는?"

선하가 빠르게 물었다. 우현은 머리를 흔들었다.

"뒤는 위험해. 이 새끼, 너무 커. 내가 이 놈 뒤까지 붙잡고 있을 자신은 없어. 노트 없어?"

우현이 물었다. 그 말에 선하는 잠시 머뭇거리다가 핸드백에서 작은 수첩과 펜을 꺼냈다.

"준비성 좋네."

우현은 씩 웃으면서 그것을 받아 탁자 위에 펼쳤다.

"원거리 딜러 생각하고 있다고 했지?"

묻는 말에 선하가 머리를 끄덕거렸다. 하지만 우현은

머리를 흔들었다.

"효율이 안 좋아. 우리 수준에서 원거리 딜러는 데미지도 잘 안 박히고, 구하기도 힘들어."

모든 몬스터가 지상에서 싸우는 것은 아니다. 날개를 갖고 공중을 날아다니는 몬스터도 존재한다. 당연히, 그런 몬스터에게 대응하기 위한 원거리 무기도 존재한다. 그래봤자 활이나 석궁 정도다.

하지만 위력이 좋지 않다. 멀리 있는 몬스터를 저격할 수 있다는 장점도 몬스터의 방어벽을 일격에 뚫지 못한다면 의미가 없다. 물론 최상위 헌터들 중에서는 화살 하나하나에 투기를 불어넣는 것이 가능한 이들도 있기는 하다. 하지만 우현과 선하의 등급에서 그런 수준의 헌터를 기대할 수는 없다.

"양 옆에 붙어서 뒷다리 노리면 안정적으로 딜을 넣을 수 있을 거야. 아예 뒤로 붙는 것은 안 돼. 뒷발에 얻어맞으면 죽을 테니까."

수첩에 그림을 그렸다. 그림이라고 해 봐야 선을 직직 긋고 동그라미를 달은 졸라맨이었다. 하지만 못 알아 볼 정도는 아니었다.

'그림 더럽게 못 그리네.'

그냥, 그렇게 생각할 뿐이었다. 선하는 턱을 어루만지며 우현이 그린 그림을 내려 보았다.

"내가 정면. 패턴 보니까, 기본적으로는 쌍검을 휘두르고, 내리 찍고. 빠르기는 한데 동작이 커. 이 정도의 거구니까 당연하지. 정신 바짝 차리면 피할 수 있을 거야. 막는 것은 힘들 것 같고. 그리고 돌발적으로 앞 발 들어서 내리 찍기도 하는데… 이것도 대응할 수 있어. 돌진도 마찬가지고."

"실수하면 죽는 건데?"

선하가 중얼거렸다. 그 중얼거림을 듣고 우현은 피식 웃었다.

"실수하면 안 죽는 것이 어딨어?"

그 말에 선하는 낮은 한숨을 쉬었다.

"…솔직히 난 아직 반대야. 너무 위험해."

"말했지? 나도 죽고 싶은 마음 없다고. 직접 보니까 알겠어. 할 만 하니까 하겠다고 하는 거야."

선하는 우현이 왜 이리도 고집을 부리는지 이해할 수가 없었다. 단순히 탱커에게 주는 돈이 아까운 것인가? 아니, 그런 것 같지는 않았다. 선하는 작게 신음을 흘리며 우현의 얼굴을 바라보았다. 잠시 동안 우현과 시선을 나누던 선하는 한숨을 쉬면서 머리를 벅벅 긁었다.

"…알았어."

이해할 수 없다. 너무 위험하다. 그것은 알고 있었다. 하지만 우현의 말에 완전히 공감하지 못한 것은 아니었다. 제네시스에는 탱커가 필요하다. 언제까지고 탱커를 초빙해서 쓸 수는 없다. 제네시스의 멤버 중에서, 선하가 신뢰할 수 있는 사람 중에 탱커가 있는 것이 가장 이상적이다. 그것이 안된다면

탱커로 키우는 것이 이상적이다.

"밥 먹으러 갈까?"

우현은 복잡한 표정으로 미간을 찡그리고 있는 선하를 보면서 씩 웃었다.

"…아, 응."

선하는 화들짝 놀라 머리를 들었다. 우현은 반쯤 비운 선하의 커피를 대신 들고서 몸을 일으켰다. 선하는 수첩과 펜을 다시 핸드백에 집어 넣었다.

"정확한 날짜는 언제야?"

카페를 나왔다. 날씨가 제법 더워서, 우현은 셔츠의 단추를 조금 풀었다. 생각해 보면 선하와 만날 때에는 언제나 후줄근한 차림이었다. 그래서 이번에는 나름 신경을 써서 깔끔하게 셔츠를 입었는데, 날씨가 너무 덥다.

"…8월 26일. 16시 43분."

앞으로 일주일 정도 남았나. 우현은 머리를 끄덕거렸다. 그렇다면 그 전까지 나름대로 준비를 해 놔야겠지. 일반 몬스터를 사냥하며 마석을 흡수하여 강화에 몰두해야 할 것 같았다.

'바바론가라.'

객기를 부린 것이 아니다. 가능하다고 생각했다. 사실, 지금 우현의 힘으로는 바바론가를 상대하는 것은 어렵다. 놈의 공격을 제대로 한 방 맞았다가는 운이 좋아도 중상을 입을 것이다. 그럼에도 바바론가 사냥의 탱커를 맡겠다고 한 것은, 놈과 비슷한 몬스터를 알고 있었기 때문이다.

호정의 기억이다. 기억 속의 그 몬스터는 바바론가라는 이름은 아니었다. 케이로사스. 그런 이름이었지. 우현은 먼 기억을 떠올리면서 피식 웃었다. 영상을 보고서 확신을 얻었다. 이름도 다르고, 전체적인 모습도 달랐지만

공통점은 많았다. 공격 패턴. 켄타우로스. 크기. 그 정도면 충분하다. 대처할 수 있다. 호정으로 케이로사스를 레이드 했을 때, 그가 맡았던 포지션은 딜러였다. 하지만 놈의 패턴은 완전히 숙지하고 있다.

어느 정도 자신이 있었다. 남은 일주일 동안 우현이 해야 할 것은 이 자신을 확신으로 바꾸는 것이다.

◎

집에 돌아왔을 때에, 익숙한 적막이 그녀를 반겼다.

선하는 신고 있던 구두를 벗고서 거실로 들어왔다. 날씨가 더웠고, 땀을 조금 흘렸다. 선하는 입고 있던 셔츠의 단추를 풀면서 오늘의 일을 떠올렸다.

밥을 먹자고 먼저 말한 주제에, 우현은 어디에 갈지 조금도 생각을 해 오지 않았다. 덕분에 둘은 카페를 나오고서도 한동안 그 근처를 돌아다니며 핸드폰을 들여다보고, 맛집이라는 곳을 찾아 돌아다녔다. 식사는 제법 만족스러웠다.

정확히 말하자면, 오늘의 만남이 제법 만족스러웠다. 생각을 해 보면 누군가와, 그것도 남자와 단 둘이서 카페에 가고, 식당에 간 것은 무척 오랜만이었다. 일 년전, 아버지가 돌아가시기 전. 대학교에 다니고 있을 적에는 이런 경우가 간혹 있었다. 남자친구를 제대로 사귀어 본 적은 아직 없었지만, 소개팅은 몇 번 해보았었다.

'그때는 별로 재미없었는데.'

우현은 유쾌한 성격은 아니다. 농담을 잘 하는 것도, 사람을 잘 웃기는 것도 아니다. 그럼에도 선하는 우현과 함께 보낸 시간이 제법 즐겁다고 느꼈다. 왜? 옷을 벗으면서 선하는 머리를 갸웃거렸다. 자연스럽게 대학교에 다니던 시절 소개팅 따위로 만난 남자들을 떠올려 보았다.

우현보다 잘생긴 남자는 많았다. 우현보다 재미있던 남자도 많았다. 하지만 단순하게 같이 어울리고, 밥을 먹고. 그런 기계적인 패턴에 재미를 느낀 적은 없었다. 몇 걸음 거리를 두었고 가식을 둘렀다.

하지만 우현에게는 아니었다. 말을 놓는 순간, 거리가 없어졌다는 기분이다. 우현에게 상대를 편안하게 해주는 특별한 힘이 있어서? 아니, 그런 것은 아니야. 선하는 정색을 하고서 생각했다.

온수를 머리 위부터 받으며 생각하고, 결론을 내렸다. 의외로 간단했다. 우현은 선하에게 생긴 최초의 아군이었다. 선하가 마음 속에 몰래 감추고 있던 것을 전부는 아니어도 어느 정도는 공개한 유일한 사람이었다. 그래, 그것 뿐이다. 샴푸의 거품으로 머리를 문지르면서 머리를 끄덕거렸다.

아버지가 죽고, 제네시스가 해산되고 나서. 헌터가되고서 일 년, 선하는 대학도 그만두고 사적인 인연을 모조리 끊었다. 대학 선배, 후배, 동기, 그런 관계부터 시작해서 고등학교, 중학교… 강선하라는 여자를 알고 있는 모두와 인연을 끊었다. 꼭 그럴 필요는 없었지만, 선하는 그렇게 했다. 스스로를 가혹하게 몰아붙였다.

그래야 한다고 생각했다.

'이제 시작이야.'

머리의 거품을 물로 씻어내면서 스스로 다짐하듯이 생각했다. 이제 겨우 한 걸음을 나아갔을뿐이다. 아니, 한 걸음도 아닌가. 걸을 준비가 되었다고 생각하는 것이 옳을 지도 모른다. 이제 겨우 한 명. 선하를 포함해서 두 명. 길드의 최소 구성 인원도 채우지 못했다.

과거의 제네시스와는 비교할 수도 없이 작다.

그래서는 안 된다. 새로운 제네시스는 과거의 제네시스보다 크고 강해져야만 한다. 배신당하는 일이 없도록, 버려지는 일이 없도록. 선하는 아랫입술을 잘근 씹었다.

"…아빠."

작은 목소리로 중얼거린 말은 물소리에 파묻혔다.

◉

던전을 옮겼다.

23번 던전, 오마로스의 초원. 권장 헌터 랭크는 D이상. F랭크의 헌터에게는 너무 가혹하고 버거운 곳이라고 판단되는 장소다. 던전의 권장 헌터 랭크는 절대적인 것은 아니다. 하지만 어느 정도는 맞는 말이다. 던전의 권장 헌터 랭크는 협회가 정한 것이다. F랭크의 헌터들은 20번 이상의 던전에서 제대로 활동할 수가 없다. 투기의 양이나 헌터로서의 경험에 비해 출현하는 몬스터가 너무 강력하기 때문이다.

물론 우현은 그 권장 랭크라는 것을 무시했다.

23번 던전의 지도의 값은 600만원이었다. 18번 던전의 지도가 200만원인 것을 생각했을 때, 가격만 해도 3배의 차이가 난다. 20번대의 던전 모두가 그랬다. 가장 낮은 20번 던전의 지도가 500만원이었고, 25번 던전부터는 1000만원이 넘는다.

하지만 비싸다고 해서 지도를 구입하지 않을 수는 없었다. 초원 던전에서는 그 필요성이 덜해지기는 하지만, 밀림이나 고성같은 복잡한 던전에서는 지도가 없다면 게이트를 찾지 못해 헤매는 경우도 있다. 체력적으로 지쳤을 때 던전을 헤매다가 몬스터를 만난다면 낭패다.

'개새끼들.'

그것을 이해하고 있다고는 해도, 욕이 나오는 것은 어쩔 수 없었다. 생각해 보면 호정이었을 때에는 이렇게 지도를 돈 주고 구입하는 경우는 없었다. 당시 호정은 지도를 구입하는 쪽이 아니었다.

23번 던전은 구릉진 초원이다. 높다란 풀들과 경사진 땅이 가시거리를 차단한다. 사방을 둘러 싼 풀 속에서 갑자기 몬스터가 튀어나오는 경우도 있다. 가장 문제되는 것은 비행형 몬스터인 하피다. 신화 속에서의 하피는 아름다운 소녀의 상반신에 새의 날개와 다리를 가졌다고 하는데, 23번 던전의 하피도 그것 큰 차이는 없다. 유일한 차이가 있다면 아름다운 소녀가 아니라, 흉측한 괴물이라는 것 정도다.

자유롭게 공중을 나는 몬스터를 상대하는 것만큼 어려운 것은 없다. 인간은 하늘을 날 수 없기 때문이다. 최상위 헌터들 중에서는 원거리 무기를 사용하는 헌터들이 없는 것은 아니다. 하지만 극히 드물다. 등급이 낮은 헌터들 중에서는 거의 없다고 해도 좋다.

이쪽이 원거리 무기를 쓰지 못하는 이상 비행형 몬스터를 상대하는 수단은 극히 적어진다. 기껏해야 투척정도. 하지만 모든 몬스터가 갖는 방어벽을 투척으로 일격에 꿰뚫을 수 있을까. D등급 헌터에게는 거의 불가능한 이야기다.

'네임드 몬스터도 있군.'

포라프리. 하피들의 여왕이다. 하피들을 이끌고 다니는데다 난이도가 높아서, D급의 파티로는 잡는 것이 불가능하다고 평가된 네임드 몬스터다. 우현은 입맛을 다셨다. 비행형 몬스터는 방어벽이 다른 몬스터들보다 얇다고들 하지만, 지금의 우현으로도 무기를 투척하여 비행형 몬스터의 방어벽을 뚫는 것은 불가능하다. 손에 쥔 무기에 투기를 불어넣는 것과 무기를 던져 투기를 유지하는 것은 전혀 다른 이야기다. 지금의 투기량으로 는 무리다.

'급한 것은 아니야.'

숨을 크게 들이 마신다. 청량한 공기를 한껏 마시 고 블랙 코브라를 쥐었다. 마지막 던전 판도라가 열 리는 때까지는 아직 많은 여유가 남았다. 그러니 조 급해 하지 말자. 당장은 해야 할 일을 해야 한다. 강 해져야만 한다. 마석을 모아 투기를 불리고, 헌터로 서 명성을 얻는다. 명성을 얻는다면 자연스럽게 사람 이 따른다.

순간 우현의 몸이 굳었다.

'여유?'

기묘한 위화감이 들었다. 여유라? 손이 조금 굳었다. 우현은 우두커니 서서 머리를 움켜 잡았다. 판도라가 열리는 때까지는 아직 많은 여유가 남았다. 자신이 했 던 생각을 되짚었다.

판도라는 언제 열렸었지?

몸이 덜덜 떨렸다. 머리를 움켜 쥐고서 생각에 생각 을 거듭했다. 판도라가 언제 열렸지? 100번 던전 이후 였나? 150? 200? 생각이 나지 않는다. 네임드 몬스터와 보스 몬스터의 이름을 떠올리며 던전의 수를 헤아려 보았다. 하지만 아무리 겪어 보았다고 해도, 그 전부를 떠올릴 수는 없었다. 어느 정도 기억에 공백이 생길 수밖에 없다. 하지만 아무리 그렇다고 해도, 판도라 이전의 던전이 몇 번이었는지 떠올릴 수 없다는 것은 이상하다.

'소실?'

아니면 망각인가. 망각일 리가 없다. 했던 생각을 곧바로 부정했다. 아무리 바보 천치에 등신이라고 해도 마지막 던전이 몇 번이었는지 기억하지 못한다는 것은 이상하다. 어렴풋이 여유가 남았다, 라고 생각할 뿐. 데루가 마키나가 웅크렸던 판도라가 몇 번 던전이었는지 떠올릴 수가 없다. 몸이 싸늘히 식고 식은땀이 흘렀다.

그것은 언제 찾아올지 모르는 종말에 대한, 예측하지 못하는 미지에 대한 두려움이었다. 우현은 까득 이를 갈았다. 그는 멈췄던 걸음을 억지로 움직였다. 앞을 가로막고 있던 수풀을 단검을 휘둘러 베어냈다. 조급해하지 말자고 방금 전에 생각했던 주제에 멸망이 언제인지 모르게 되었다는 것만으로도 머릿속이 하얗게 물들었다.

"고생하셨습니다!"

우렁찬 외침이었다. 황인철은 꾸벅 머리를 숙였다가 실실 웃으며 머리를 들었다. 그는 아공간을 열어서, 준비해 두었던 의자를 꺼내 땅에 내려 놓았다. 그것만으로 끝나지 않고 손으로 의자를 몇 번이나 털고서, 깨끗한 방석도 다시 꺼내 의자에 깔았다.

"여기 앉으시지요."

"하, 나, 참. 준비성 하나는 좋다?"

이죽거리는 말에 황인철은 표정하나 바꾸지 않고 뒷머리를 긁적거리며 웃었다. 그런 황인철의 넉살에 여자는 피식 웃으면서 의자에 앉았다. 여자가 앉자 황인철은 바로 다음 작업으로 들어갔다. 아공간에서 보온병과 찻잔을 꺼냈다. 뜨거운 커피와 아이스 커피 중에서 고민했지만, 선택한 것은 아이스커피였다.

"차가운 거야?"

히죽 웃으면서 하는 질문에 황인철은 크게 머리를 끄덕였다.

"잘 됐네, 목말랐는데."

다리를 꼬는 여자를 보고서 황인철은 내심 쾌재를 불렀다. 아이스커피를 선택한 것이 정답이었다. 그는 얼음이 떨어지지 않도록 조심하며 찻잔에 커피를 부었다.

그런 황인철을 다른 이들은 꼴같잖다는 듯이 바라보았다. 저렇게 노골적으로 아부를 해대니 보는 시선이 당연히 곱지 않았다. 물론 황인철은 그것을 느끼고 있었다. 눈치는 좋은 편이었으니까.

'뭐, 새끼들아.'

이쪽을 보는 시선을 무시하면서도 마음 속으로는 그런 욕설을 흘린다. 아부를 해야 할 상대니 아부를 하는 것이다. 사회 생활에서 당연한 처세술인데, 그깟 자존심이 뭐라고. 황인철은 양 손을 배에 모아 붙이고 서 있다가, 여자가 기울여 세운 검을 보고서 눈을 빛냈다.

"검을 닦아 드리겠습니다."

황인철이 냉큼 말했다.

"어? 아, 마음대로 해."

차가운 커피를 마시던 여자가 황인철을 힐끗 보면서 대답했다. 황인철은 조심스레 손을 뻗어 여자의 검을 잡았다.

'햐, 이게 주문 제작으로 만든 검이구나.'

황인철은 꿀꺽 침을 삼켰다. 그립 감부터 예사롭지 않은 것만 같았다. 쭉 뻗은 검신과 전체적인 밸런스는 말할 것도 없고, 창백한 푸른색으로 빛나는 검신과 예리하게 선 날은 보는 것만으로 베일 것 같았다. 황인철은 손수건을 꺼내서 조심스럽게 검을 닦기 시작했다.

'적운과는 비교도 안 되네.'

적운은 '나래'에서 D등급 헌터에게 보급하는 무기다. 적운도 보급 무기 중에서는 뛰어난 퀄리티를 가지지만, 아무래도 양산형이다 보니 주문 제작으로 만들어진 무기와 비교할 수는 없다. 주문 제작으로 만든 무기는 세상에서 단 하나 뿐이니까.

'줄을 잘 타야 돼.'

고작해야 손수건으로 검신을 닦는 것이지만, 최대한 혼을 담았다. 보는 쪽에서 열심히 한다고 느낄 수 있도록 과장적으로 힘을 주었다. 그런 황인철을 보는 다른 파티원들은 시선을 찡그렸다.

하지만 어느 정도는 이해할 수 있었다. 박희연. 의자에 앉은 여자의 이름이다. 그녀는 B급의 헌터이면서 한국의 대형 길드인 나래의 간부이면서, 부길드장인 박광호의 어린 동생이기도 했다. 만약에, 정말 만약에. 그런 일은 없겠지만… 박희연의 마음을 얻게 된다면 나래에서도 전폭적인 지원을 받을 수 있게 된다. 부길드장인 박광호가 여동생에게 꼼짝 못한다는 말은 유명했으니까.

황인철을 포함한 4인 파티는 나래의 하급 길드원들이다. 모두가 D급의 헌터고, 23번 던전에서의 반복 사냥을 명령 받아 그를 수행하는 중이었다. 박희연이 합류한 것은 오늘부터였다. 23번 던전에서 출현하는 네임드 몬스터의 사체가 필요하다는 이유 때문이었다.

보통의 경우, C급 이하의 하급 길드원이 상급 길드원과 함께 파티를 하는 경우는 거의 없다. 같은 길드라고는 하지만 C급 이하와 그 이상은 보이지 않는 벽 같은 것으로 나뉘어져 있었고, 하급 길드원은 비슷한 랭크의 하급 길드원들끼리 파티를 맺는 것이 보통이다. 그렇게 파티를 맺고서는 하급 던전에서 반복적으로 사냥하고, 매달 일정 금액을 길드에게 상납한다.

즉, 길드의 예산은 하급 길드원들의 반복 사냥으로 채워지는 것이다.

불만이 없을 수는 없다. 하지만 불만이 표현되는 경우는 거의 없다. D급 헌터의 경우에는 매달 1000만원의 금액을 상납한다. 적은 금액은 아니지만 매일 매일 던전에서 사냥을 반복하며 벌어들이는 돈의 일부일 뿐이다.

나래에서 보급해주는 장비는 양산형이라고 해도 밸런스가 좋고 뛰어나다. 다른 모든 것을 떠나, 나래라는 대형 길드의 소속이라는 배경은 일종의 지위와도 같다. 아래에 머무르며 기계적으로 사냥하는 것의 반복이지만, 위에 올라간다면. 상위급 헌터가 되어 길드의 높은 곳에 올라간다면 더 큰 혜택을 누릴 수 있다.

"휴식은 여기까지."

박희연이 몸을 일으켰다. 열심히 검을 닦던 황인철은 곧바로 그녀에게 검을 돌려주었다. 내심 고맙다, 이런 말이라도 기대 했는데. 박희연은 아무런 말도 하지 않고 검을 받았다. 햇빛에 검을 한 번 비춰본 것이 전부였다. 황인철은 불만 없이 헤헤 웃기만 했다. 그는 박희연이 앉아있던 의자와 찻잔을 다시 아공간으로 집어 넣었다.

"그런데, 네임드 몬스터를 잡으면… 그 수익은… 그게… 함께 나누는 건가요?"

누군가가 조심스럽게 물었다. 황인철은 눈에 힘을 주고 그쪽을 부라렸다. 설렁설렁 걷고 있던 박희연이 머리를 갸웃거렸다.

"응? 그건 당연하지."

곧바로 돌아오는 대답에 남자가 오히려 당황한 표정을 지었다. 내심 수익은 얻지 못할 것이라고 생각한 모양이다.

"하지만 사체는 나래가 소유할 거야. 너희에게는 돈으로 대가를 지불할 것이고. 내가 여기에 온 이유는 23번 던전의 네임드 몬스터의 온전한 사체가 필요해서니까."

"마… 마석이 나온다면요?"

남자가 다시 물었다. 박희연은 잠시 생각하는가 싶더니 피식 웃었다.

"마석이 쉽게 나오는 것도 아니고."

그녀는 그렇게 말하면서 머리를 흔들었다.

"만약 마석이 나온다면 돈을 다시 나눠야겠지. 뭐, 아직 네임드 몬스터를 만난 것도 아니니까, 너무 앞서서 생각하지는 마. 일단 네임드 몬스터를 탐색하는 것이 먼저…."

박희연의 말이 끊겼다. 펄럭거리는 날개소리를 들은 것이다. 그녀는 머리를 들어 공중에서 내려오는 하피를 보았다.

"하피네."

그녀는 그렇게 중얼거리면서 검을 쥐었다. 이 파티에 원거리 공격 수단은 없다. 이런 경우 비행형 몬스터가 공격을 위해 내려오는 타이밍에 잡는 수밖에 없다.

하지만 하피가 내려오는 곳은 그녀의 파티 쪽이 아니었다. 조금 떨어진 곳.

"다른 파티가 있나 봐."

시야를 가릴 정도로 풀이 높아서, 주변이 잘 보이지 않는다. 박희연은 싱겁다는 듯이 검을 내려 놓았다.

키익!

그리고 그런 비명이 들렸다. 하피가 지르는 비명이었다.

"응?"

박희연의 표정에 조금의 놀람이 담겼다. 하피가 아래로 내려 온 것은 바로 방금 전이다. 그리고 곧바로 비명이 들렸다. 하피가 내려온 타이밍에 공격을 몰아 붙여서 방어벽을 뚫었다는 말이다.

'다시 날아오를 타이밍도 안 줬다는 건데….'

박희연의 얼굴에 작은 호기심이 어렸다.

이쪽이 원거리 공격수단을 갖지 못한 이상, 비행형 몬스터를 잡기 위해서는 놈이 공격하러 내려오는 것을 기다리는 방법뿐이다. 정석적인 방법은 아니지만, 우현이 쓸 수 있는 방법은 그것 뿐이었다. 사실 우현이 선택한 것은 아니고 강제적으로 그렇게 할 수밖에 없다.

하피는 날카로운 발톱을 가지고 있다. 높은 하늘에서 날갯짓을 하다가, 아래쪽에 먹음직스러운 먹잇감이 보이면 아래로 떨어져서 발톱으로 움켜잡는다. 놈들이 가진 공격수단은 그것 뿐이다. 움켜 잡으려는 발톱을 피하는 것이 성공한다면, 놈들은 다시 위로 솟구친다.

찬스는 그때. 놈들이 다시 위로 치솟기 전에 공격을 몰아붙인다. 우현은 날개가 베어져서 퍼덕거리는 하피를 내려 보았다. 하피의 방어력은 별 볼 일 없었다. 세 번. 하피의 방어벽을 뚫는 것에 세 번의 공격을 넣었다. 사용한 무기는 타이푼2가 아니라 블랙 코브라. 이쪽이 더 빨랐기 때문이다. 우현은 타이푼2를 들었다. 묵직한 대검이 하피의 머리를 내리 찍었다.

신화 속의 하피는 아름다운 여성의 상체를 지녔다지만, 이 던전에서 출현하는 하피는 사람과 새가 섞인 모습이라기 보다는… 도마뱀과 새가 섞인 모습에 가까웠다. 우현은 끈적한 녹색 피를 쏟는 하피의 시체를 향해 몸을 숙였다. 그는 미간을 살짝 찡그리고서 블랙 코브라를 잡았다. 그리고는 비늘로 뒤덮인 하피의 가슴을 내리 찍었다.

손목을 비틀며 비늘을 뜯어내고, 하피의 가슴을 열었다. 움직이지 않는 심장을 찢고서, 손끝을 살짝 베어 핏방울을 떨어트렸다. 녹색 피와 섞인 우현의 붉은 피가 응고되어 마석이 되었다. 그것에 손을 뻗는 순간, 푸스럭거리는 소리가 났다.

우현은 흠칫 놀라 재빨리 마석을 움켜잡았다. 그것과 거의 동시에 가까운 수풀이 베어졌다.

"…뭐하는 거에요?"

박희연은 당황한 얼굴로 우현을 바라보았다. 우현은 시선을 들어 박희연과 눈을 맞추었다. 타이밍이 안 좋군. 우현은 내심 생각했다. 일반 몬스터의 가슴을 가르고 손을 집어 넣고 있는 상황이니. 우현은 슬며시 몸을 일으켰다. 손에 쥐어진 마석이 우현에게 흡수되었다.

"…누구십니까?"

동양인. 언어가 통일된 이 세상에서, 상대를 식별할
수 있는 것은 피부색 정도가 고작이다. 일본인? 중국
인? 그런 생각을 하고 있는데, 박희연이 낮게 헛기침
을 했다.

"방금 뭐하고 있었던 거죠?"

박희연은 가슴이 갈라진 하피의 시체와, 녹색 피에
젖은 우현의 손을 보면서 미간을 찡그렸다. 우현이 왜
하피의 가슴에 손을 넣고 있었는지 이해하지 못한 것이
다. 우현은 어깨를 으쓱거리며 대답했다.

"하피를 잡는 것은 처음이라서. 마석이 있지 않을까,
그런 생각을 했습니다."

"일반 몬스터에게 마석은 나오지 않아요."

우현의 대답에 박희연은 피식 웃으면서 가르치 듯 알
려주었다. 그 말에 우현은 어색한 미소를 지었다.

"그렇더군요."

뒷머리를 긁적거리면서 생각했다. 신경쓰지 말고 꺼
지라고. 슬쩍 시선을 움직여 박희연과 그 일행을 살폈
다. 다섯 명. 여자는 혼자. 남자 넷은 똑같은 갑옷을 입
고 있었는데, 여자 혼자서 장비가 다르다.

"혼자신가요?"

박희연이 물었다. 그녀는 반쯤 잘린 하피의 날개를 힐
끗 보았다. 아래로 떨어진 하피는 다시 날아오르지 않았

다. 떨어진 즉시 날개만 먼저 베어냈다. 다시 날아오르지 못하도록. 혼자서? 박희연은 우현의 장비를 힐끗 보았다.

'소드메이커의 타이푼2, 아이언실드의 셀게이트….'

장비는 나쁘지 않다. 하지만 좋지도 않다.

"네, 혼자입니다."

우현의 대답에 박희연의 미간이 살짝 찡그려졌다. 장비는 헌터의 등급을 짐작하는 척도다. 하지만 타이푼2와 셀게이트는 F등급이 가장 많이 사용하는 장비다. 그렇다면 F등급인가? 장비만 보면 그런데…

'혼자서 하피를 잡았잖아.'

F등급이 하피를 혼자서 잡았다고? 박희연이 이해할 수 없는 것은 그것이었다. 아무리 하피가 방어벽이 얇다고는 해도, 다시 날아오를 시간도 주지 않고 베어냈다는 것은… 박희연은 머리를 흔들었다.

"등급이 어떻게 되시나요?"

직접적으로 물었다. 혼자서 생각을 해 봤자 소용이 없기 때문이다.

"F입니다."

뭐 숨길 것도 아니었기에, 우현은 곧바로 대답해 주었다. 그 대답에 박희연의 입술이 살짝 벌어졌다. 조용한 놀람이었다. 그리고 그것은 박희연을 제외한 다른 나래의 길드원들도 마찬가지였다.

물론 저들도 하피를 혼자서 잡을 수는 있다. 박희연을 제외하고서, 황인철을 포함한 4명은 모두가 D등급이다. 우현보다 등급이 2등급이나 높은 것이다. 박희연은 꿀꺽 침을 삼켰다.

　"F등급이라고요? 진짜로?"

　"진짠데요. 그런데 누구십니까?"

　우현의 목소리에 짜증이 실렸다. 질문이 뭐 이리 많아? 우현은 미간을 찡그리며 박희연과 다른 길드원들을 쳐다보았다. 그 시선에 박희연은 흠, 하고 헛기침을 하더니 손을 뻗었다.

　"…불쾌했다면 미안해요. 저는 박희연이라고 해요. 대한민국의 길드인 나래 소속이죠."

　"…나래?"

　우현의 몸이 멈칫했다. 나래라고? 자신을 스카웃하려 했던 박광호의 얼굴이 떠올랐다. 우현은 잠시 주저하다가 마주 손을 뻗어 박희연과 악수를 나누었다.

　"…정우현입니다."

　"한국인이셨군요?"

　박희연이 잘 되었다는 듯이 웃었다. 우현은 웃지 않았다.

　"혼자시면 저희와 함께 파티를 하시는 것이 어때요?"

　"아뇨, 괜찮습니다."

생각할 것도 없이 거절을 말했다. 몬스터에게서 마석을 뽑아내는 작업이야 나중으로 미루면 된다. 일단은 아공간에 집어넣고, 주변에 보는 사람이 없을 때에 하면 되는 것이다. 굳이 그것 때문에 파티를 거절하는 것이 아니다.

상대는 나래다. 이미 우현은 박광호의 스카웃 제의를 거절했다. 괜히 엮이고 싶지 않았다.

"왜요? F등급의 헌터가 이 던전에서 혼자 다니는 것은 위험해요."

박희연이 정론을 말했다. 그 말에 우현은 작게 혀를 찼다. 박희연의 말은 사실이다. 하지만 그런 것을 생각했다면 진즉에 파티를 맺고서 들어왔을 것이다.

"…걱정해주시는 것은 감사합니다만, 저는 괜찮습니다. 게다가 그쪽은 다섯 명 아닙니까. 제가 들어간다면 여섯 명인데. 나중에 정산할 때에도 번거로워지고…."

우현은 차근차근 거절의 이유를 설명했다. 하지만 박희연은 받아들일 생각이 없었다.

'놓치면 안 돼.'

박희연의 눈에 불이 켜졌다. 박희연이 보는 우현은 싹수가 있는 헌터였다. 길드 쪽에서 지원만 잘 해준다면 금세 상위 등급의 헌터가 될 자질이 있어 보였다.

"그런 것은 신경 쓰지 않으셔도 되요."

박희연은 우현의 말을 끊고서 자신의 의견을 밀어 붙였다. 일단은 파티에 넣는다. 우현이 어떻게 싸우는지 직접 본 것도 아니니 길드로의 스카웃은 보류다. 우현은 난감하다는 표정을 지으며 머리를 흔들었다.

"괜찮습니다."

재차 거절했다. 그 말에 황인철이 앞으로 나섰다.

"거, 사람 참. 뭐이리 **빡빡**합니까? 권한 사람 민망하게."

황인철은 머리를 옆으로 돌리면서 퉤 침을 뱉었다. 그리고서는 눈에 힘을 주고 우현을 바라보았다.

"우리가 뭐 협박하는 것도 아니고, 같이 파티하자는 건데."

"하고 싶지 않습니다."

우현이 다시 말했다. 그 대답에 황인철의 미간이 씰룩거렸다. 그는 내심 기분이 편치 않았다. F급 헌터가 혼자서 하피를 잡은 것. 그것이 대단하다는 것은 인정한다. 나래의 간부인 박희연이 왜 우현에게 자꾸 파티를 권하는 것인지도 내심 짐작이 간다. 파티에 넣고서, 어떻게 싸우는지 보려는 것이겠지.

'씨발, 누구는 좃뺑이 까서 올라왔는데.'

부글부글 끓는 불만을 삼켰다. 세상 일이라는 것이 다 그렇다. 처음부터 잘하는 놈이 있는 것이고, 못하는

놈이 있는 것이다. 눈 앞의 우현이라는 놈은 잘하는 놈
이었고, 황인철은 그 중간이었다. 못하는 놈은 아니야.
내심 그렇게 자신을 평가하고, 또 자괴감에 침을 뱉었
다.

"파티 합시다. F급이라면서요? 저기 저, 희연씨는 B
급이고, 우리는 다 D급입니다. 나쁠 것 없잖아요? 우리
랑 같이 다니면 위험한 일도 없고, 돈도 벌리는데."

"…몇 번 말해야 합니까?"

우현의 목소리에 짜증이 실렸다.

"괜찮다고 하지 않았습니까? 파티 안 한다고요."

우현이 다시 말했다. 그 말에 황인철의 미간에 핏줄
이 돋았다.

"아니 이 사람이…."

황인철이 앞으로 나서려고 하자 박희연이 손을 들어
그를 가로 막았다.

"알았어요."

박희연은 의외로 순순히 물러났다.

"싫다는데 강요할 수는 없죠. 뭐, 혼자 다니는 것이
걱정되어서 권했던 건데… 불편하셨다면 죄송해요."

머리까지 살짝 숙인다. 그런 박희연의 태도에 오히려
불편해진 것은 우현이었다.

"…걱정해 주셔서 고맙습니다."

그는 그렇게 말하며 우선 하피의 시체를 아공간 안으로 집어 넣었다. 그리고는 한 걸음 뒤로 물러섰다.

"가보겠습니다."

"네, 조심하세요."

잡히는 일은 없었다. 우현은 몸을 돌려서 수풀 너머로 사라졌다. 박희연은 팔짱을 끼고서 푸스럭거리는 수풀을 노려 보았다.

"저어…."

곁에 있던 황인철이 우물쭈물 거리며 박희연을 힐끗거렸다.

"제, 제가 잘못을…."

"따라가자."

황인철이 말을 끝까지 하기도 전에 박희연이 내뱉었다. 그녀는 바닥에 고인 하피의 피를 힐끗 보았다.

"내가 기껏 친절하게 대해줬는데 말이야."

그녀는 작은 목소리로 중얼거리면서 피식 웃었다.

"건방지게."

◎

바바론가의 사냥에 들어가기 전에, 23번 던전을 찾은 이유. 그것은 바바론가의 하위 몬스터인 켄타우로스들을 사냥하기 위해서였다. 네임드 몬스터인 바바론가와 일반 몬스터인 켄타우로스 사이에는 큰 차이가 있지만, 아예 별개의 몬스터가 아닌 이상 같은 계열의 몬스터는 어느 정도의 공통점이 있다.

'크기부터 다르지만.'

대형 몬스터인 바바론가와는 다르게 켄타우로스는 그리 크지 않았다. 물론 바바론가와 비교해서 크지 않다는 것이다. 길이는 말과 비슷하지만, 키는 조금 더 큰가. 달린 것이 말의 머리가 아니라 사람의 몸체니까 당연하다.

우현은 상체를 살짝 낮추고 켄타우로스를 보았다.

세 마리였다. 한 놈은 곤봉을 들고 있었고, 둘은 창을 들고 있었다. 세 마리라. 할 수 있나? 내심 견적을 재 보았다. 18번 던전의 몬스터는 방어벽까지 일검에 베어낼 수 있었는데, 23번 던전의 켄타우로스는 어떨까. 아니, 너무 위험해. 냉정하게 생각해서는 그랬다. 괜히 모험을 걸 이유는 없다.

그렇게 생각하는 주제에 우현은 몸을 일으켰다. 느긋하게 안전한 길로만 갈 수는 없다. 아무리 생각을 해 보아도 판도라가 언제 열렸었는지는 기억이 나지 않는다. 최악의 경우 바로 다음 던전에 판도라가 나타날 지도 모른다.

지금 판도라가 열린다면, 우현이 할 수 있는 일은 무엇이 있을까. 아무 것도 없다. 기껏 과거로 돌아왔음에도 아무 것도 변하지 않을 것이다. 세상은 멸망할 것이고, 우현은 호정처럼… 아무 것도 하지 못하고 무력하게 죽을 것이다.

그런 죽음은 사양이었다.

'그러니까.'

우현은 검을 잡았다. 여유를 버리고 자신을 몰아붙일 필요가 있었다. 우현은 발에 힘을 주고 앞으로 걸었다. 수풀이 밟히며 푸스럭거리는 소리를 냈다. 그 소리를 들은 켄타우로스들이 머리를 돌려 우현 쪽을 보았다.

"크우어어억!"

우현을 포착한 즉시 놈들은 적의를 드러냈다. 앞발을 들고서 크게 고함을 지르고서, 곤봉을 들고 있던 놈이 우현을 향해 달려들었다. 말의 하반신을 가진 놈의 속도는 여태까지 우현이 만났던 그 어떤 몬스터들보다 빨랐다. 우현은 즉시 왼 발을 뒤로 끌면서 검을 낮추었다.

퍼억!

놈이 내리 찍은 곤봉이 땅을 두들겼다. 그것을 피해 앞으로 파고들며 휘두른 검이 켄타우로스의 다리를 긁었다. 손아귀에서 강한 반발력이 느껴졌다. 일격에 베어내는 것은 역시 무리인가. 여유롭게 감상을 늘어놓을 틈도 없었다. 다른 켄타우로스들이 우현에게 달려들었기 때문이다.

위에서 매서운 기세로 창이 떨어졌다. 우현은 발끝을 들고서 가볍게 몸을 튕겼다. 뒤로 물러서고서 창이 땅을 찍는다. 주저할 틈이 없었다.

쐐액!

머리를 부수러 곤봉이 날아왔다. 맞지 않는다. 오히려 앞으로 숙인 몸을 더욱 굽히면서 발을 뻗어 파고들었다.

조금씩 익숙해진다는 감각이었다. 투기의 운용 면은 몰라도, 몸을 다루는 방법은 이 몸으로도 익숙해지고 있다. 최소한으로 강화한 몸은 예전보다 지치는 일이 적고 근육이 낼 수 있는 힘의 한계를 뛰어넘는다. 우현은 검을 잡았다.

이 검도 더 이상 무겁게만 느껴지지 않는다.

쩌엉!

상체를 비틀며 휘두른 검이 켄타우로스의 방어벽을 두들겼다. 손아귀에 감기는 느낌을 놓치지 않았다. 처음보다 반발력이 적다. 방어벽이 뚫리고 있다는 증거였다.

'앞으로 한 번.'

생각과 동시에 몸을 움직였다. 내지른 창이 가슴팍을 스쳤다. 그대로 발을 옆으로 끌면서 몸을 풍차처럼 돌렸다. 쩌엉! 휘두른 검이 켄타우로스를 베었다. 반발력에 튕긴 몸을 다시 역회전, 한 번 더 휘두른다.

"푸이힉!"

켄타우로스가 고함을 질렀다. 놈들은 앞발을 크게 들어 올리면서 성나 날뛰었다. 놈들의 공격이 빨라졌다. 하지만 우현은 침착했다. 그는 당황하지도, 놀라지도 않았다. 정신이 차갑게 식었다. 심장은 크게 뛰었고, 그만큼 몸이 더 움직였다. 투기는 고요히 흐르며 우현의 몸을 떠나지 않았다. 강화된 몸이 평소라면 하지 못할 정도로 빠르게, 또 강하게 우현의 몸을 움직였다.

좌악!

휘두른 검이 켄타우로스의 다리를 베어냈다. 방어벽이 뚫린 것이다. 일검의 놈의 양 앞발을 잘라내고, 켄타우로스의 몸이 앞으로 엎어진다. 틈을 주지 않았다. 휘두른 즉시 위로 올린 검이 횡으로 베어졌다. 켄타우로스의 목이 날아가고 피가 튀었다.

피를 피해 몇 걸음 물러서면서 다시 몸을 움직인다. 창을 꼬나쥐고 달려드는 놈이 있었다. 몸을 옆으로 틀어 피하면서 검을 아래로 내려 휘둘렀다.

좌악!

다리가 베어진 놈이 땅을 나뒹굴었다. 비명을 지르면서 버둥거리는 놈을 무시하고 다른 놈을 마저 잡으려는데, 겁을 먹었는지 창백한 얼굴로 비틀거리며 뒷걸음질을 쳤다.

"쿠어으어! 아아! 커아아!"

놈이 외치는 소리가 거슬렸다. 예전부터 생각했던 것이다. 놈들이 보기에 헌터는 어떤 존재로 인식될까. 몬스터에게 나름의 사회가 있다는 것은 이미 여러 번 확인 되었다. 놈들에게 있어서, 이곳 던전은 하나의 세계일 것이다. 헌터와 달리, 놈들은 던전 밖으로 나갈 수 없으니까. 던전 밖으로 나갈 수 있는 것은 숫자를 가진 네임드 몬스터 뿐이다.

놈들에게 있어서 헌터는 어떤 존재일까. 영역을 침범한 불청객?

'그건 오히려 너희 쪽이지.'

우현은 빠득 이를 갈았다. 놓칠 생각은 없다. 놈이 뒤돌아 도망치기도 전에, 우현이 달려들었다. 순식간에 휘둘러 친 검이 놈의 방어벽을 박살냈다. 도망치지 못하도록 다리를 먼저 자른다. 엎어져서 버둥거리는 놈의 머리를 자르면서, 조금의 분노를 느꼈다.

아까 전에 다리를 자르고 방치해 두었던 놈은 피웅덩이 속에서 허우적거리고 있었다. 이대로 둬도 죽는다. 굳이 죽일 필요는 없다. 몬스터의 생명력이 얼마나 되는지 지켜볼까 하다가, 그만두었다. 알아봤자 별 중요한 정보는 아니었다고 생각했다. 놈 역시 목을 베었다. 상위 던전의 몬스터 중에서는 목이 베여도 움직이는 괴랄한 생명력을 지닌 놈들도 있었는데, 23번 던전의 켄타우로스에게는 해당되지 않는 이야기다.

원래라면 죽인 즉시 가슴을 갈라 마석을 뽑아냈겠지만, 지금은 그러지 않았다. 대신에 손을 뻗어 놈들의 시체를 아공간에 담았다. 예민한 청각이 푸스럭거리는 작은 소리를 잡았다. 굳이 그쪽을 돌아보지는 않았다.

'귀찮은 꼬리가 붙었어.'

혀를 찼다. 오늘은 이만 돌아가는 편이 나을까. 아니, 아직 던전에 들어 온 지 얼마 지나지 않았다. 기껏 돈을 주고 던전의 지도까지 구입했는데. 어차피 마석을 뽑는 것은 나중에 해도 문제없다. 우현은 검에 묻은 피를 털어내고서 GPS를 확인했다.

"봤냐?"

박희연의 목소리는 조금 굳어 있었다. 몸을 낮추고 수풀 너머를 보던 황인철은 꿀꺽 침을 삼켰다. 그런 반응은 황인철 뿐만이 아니었다. 그를 포함한 D급 헌터들 모두가 놀란 얼굴로 떠나는 우현의 등을 보고 있었다.

"봤냐고."

박희연이 다시 물었다. 뒤늦게 황인철은 퍼뜩 정신을 차렸다.

"예, 예에."

황인철은 더듬거리며 대답했다. 그야, 당연히 봤다.

조금 거리가 있었다고는 하나 보지 못할 정도는 아니었으니까. 봤고, 그래서 놀랐다. 황인철은 축축히 젖은 손을 바짓춤에 벅벅 문질러 닦았다.

'저 새끼 뭐야?'

황인철의 몸이 가늘게 떨렸다. F. 놈은 분명 자신의 등급을 그렇게 말했다. F등급. 솔직히 말해서 높은 등급은 아니다. 물론 그보다 낮은 등급의 헌터도 차고 넘치지만, F등급의 헌터는 엄밀히 말하자면 최하위 등급보다 조금 나은 정도다. H, I등급의 헌터가 아직 등급심사도 치루지 못한 언랭크, 즉 갓 헌터가 된 일반인보다 조금 나은 정도라면, F등급은 이제야 좀 헌터처럼보일 정도의 랭크인 것이다. 이제야 투기를 좀 쓸 줄 아는 정도란 말이다.

그런데 방금 그건 뭔가. 이곳은 23번 던전이다. 이곳을 찾는 헌터의 등급은 대부분이 D. 그렇다고 해서 D등급의 헌터가 이곳에서 혼자 사냥할 수 있는 것은 아니다. 물론 불가능하지는 않다. 체력 조절을 잘 하고, 몬스터를 골라서 사냥하고.

'나라면?'

생각한 즉시 머리를 흔들었다. 불가능하다. 켄타우로스 셋을 동시에 사냥하면서 한 번도 공격을 받지 않는 것이 가능한가? 불가능하다. 공격도 못하고 저 놈들의 공격을 피하고 방어하다가 몰리게 될 것이다.

황인철은 나름대로 베테랑이다. 경력도 꽤 되었다. 저번 등급 심사에서 D를 배정받기는 했지만, 다음 등급 심사에는 무조건 승급할 것이라는 자신도 있었다.

하지만 무리다. 몬스터와의 전투는 투기의 운용과 육체의 강화도 중요하지만, 결국 몸을 움직이는 것은 자기 자신이다. 이것은 게임이 아니다. 눈앞의 괴물은 게임 속에 등장하는 몬스터도 아니고, 그와 싸우는 것은 자기 자신이다.

"재밌네."

박희연은 조용한 목소리로 중얼거렸다. 그의 눈이 가늘어졌다. 그녀는 턱을 어루만지면서 멀어지는 우현의 등을 보았다.

'투기의 운용부터가 F급은 아니야.'

냉정히 판단을 내렸다. 우현이 싸우는 모습을 떠올렸다. 켄타우로스의 방어벽을 세 번의 공격으로 박살냈다. 세 마리를 연이어 잡았음에도 크게 지치지 않고 바로 이동했다. 공격이 가벼웠나? 아니, 모두가 몸을 통째로 휘두르는 강공이었다. 싸우는 내내 공격을 피하며 움직였고, 장비는 투핸드소드.

'몸을 강화한 거야.'

F급이? 말도 안 돼. 그런 생각이 들었지만 직접 보았

으니 부정할 수도 없다. 몸을 강화하고서 공격에 투기를 집중하고. 그것 뿐만이 아니다. 싸움 자체가 익숙한 것처럼 보였다.

"거짓말을 한 걸까?"

박희연이 중얼거렸다. 상식적으로 생각해서 우현의 행동은 F급이라 할 수가 없었다. 저 정도 실력을 가진 헌터가 F급에 머무르는 것은 불가능하다. 협회와 길드는 밀접한 관계를 맺고 있지만, 등급 심사는 길드가 개입할 수 없을 정도로 공정한 영역이다. 협회가 병신이 아니고서야 저런 실력의 헌터를 F급으로 둘 리가.

"아!"

박희연은 낮은 목소리로 탄성을 질렀다. 정우현! 뒤늦게 이름을 떠올렸다. 별 생각을 하지 않고 있었는데, 그 이름을 들었던 기억이 난 것이다. 기초 등급 심사에서 동아시아 최초로 F급을 받은 언랭크. 나래 쪽에서도 스카웃하려 했고, 그녀의 오빠인 박광호가 직접 찾아갔었으나 거절을 들었다는.

"이거 거물이네."

박희연은 그렇게 중얼거리면서 몸을 움직였다. 다시 우현을 쫓는 것이다. 그런 박희연을 보는 이들의 얼굴은 참혹히 구겨졌다. 그들로서는 오늘의 일당을 포기하는 것이었으니까. 황인철의 얼굴도 마찬가지로 구겨졌다.

'거물은, 씨발. F급 새끼가….'

까득 이를 갈았다.

◎

세이브 포인트까지 가지 않고, 중간 쯤에서 방향을
틀어 다시 입구 게이트로 돌아왔다. 어차피 바바론가를
잡기 위해서 또 들어와야하는데, 세이브 포인트를 이용
할 필요가 없다고 느꼈기 때문이다.

사냥한 몬스터는 대부분이 켄타우로스였다. 가끔 수
풀 속에서 헤비 라쿤이 튀어나오고, 머리 위에서는 하
피가 떨어지곤 했지만 그것은 모두가 우현이 어쩔 수
없는 습격이었다. 먼저 싸움을 걸고 사냥에 집중한 것
은 켄타우로스 뿐. 그렇게 잡은 켄타우로스의 숫자가
20마리가 넘었다.

협회에 들러 몬스터를 매각하기 전에, 일단 마석을
뽑아내야 한다. 하지만 할 수가 없었다. 계속해서 따라
붙는 박희연 때문이었다. 사실 사냥을 접고 돌아가는
것은 박희연 때문이 컸다. 그녀가 계속 지켜보고 있으
니, 마음 껏 사냥할 수가 없었다.

"돌아가시려구요?"

게이트를 나가려는 순간, 박희연의 목소리가 우현을

붙잡았다. 우현은 크게 숨을 내뱉으며 머리를 돌렸다. 생글거리며 웃는 박희연의 모습이 보였다. 그녀는 상당한 미인이었지만, 그녀가 짓는 미소는 우현으로 하여금 짜증만 느끼게 했다.

"예."

짧게 대답했다. 기분이 상할 법도 한데 박희연은 신경쓰지 않는 듯 했다. 그녀는 배시시 웃더니 우현 쪽으로 다가왔다.

"매각하러 가실 거죠? 같이 가실래요?"

"아뇨, 안 갑니다."

우현은 머리를 흔들며 답했다. 그 대답에 박희연은 의외라는 듯 눈을 동그랗게 떴다.

"한꺼번에 하시는 쪽인가요? 그러면 오히려 더 시간이 걸릴 텐데. 한 마리씩 확인 받아야 하잖아요?"

"괜찮습니다."

오지랖 넓기는. 우현은 그렇게 생각하며 눈썹을 씰룩거렸다. 박희연은 우현 쪽으로 조금 더 가깝게 다가왔다.

"사냥하는 모습, 잘 봤어요."

"압니다."

곧바로 대답했다. 그 대답에 박희연의 입술이 살짝 씰룩거렸다. 기분이 상한 것일까? 알 바는 아니다.

"잘 싸우시던데요."

"고맙습니다."

말은 그렇게 했지만 감사는 조금도 담지 않았다. 노
골적인 어조였기 때문에 박희연도 그를 느꼈을 것이다.
박희연은 눈에 힘을 주고 우현을 노려보았다. 노려 보
던, 말던. 우현은 주먹을 쥐었다 피면서 물었다.

"이만 가도 됩니까? 배가 고픈데."

"잠깐만요."

몸을 돌리려는 우현은 박희연의 말에 멈칫하고 섰다.
그녀를 뚫어져라 보자, 박희연은 크게 숨을 뱉더니 입
술을 열었다.

"…정우현, 이라고 했었죠? 저번 기초 등급 심사에서
동아시아 최로로 F랭크로 배정된 신참 헌터. 그리고 나
래에서의 스카웃을 거절했던…."

"예."

우현의 대답에 황인철을 포함한 헌터들의 얼굴에 놀
람이 담겼다. 기초 등급 심사에서 F로 배정되었다는 것
은 가능성을 인정받았다는 말이다. 아니, 그들이 놀란
것은 그것이 전부가 아니었다. 기초 등급 심사가 있던
것은 고작 몇 주 전. 몇 주일 전에 처음으로 몬스터를
겪은 헌터라는 말이다.

'그런데 저게 가능해?'

황인철은 입을 반쯤 벌리고 우현의 얼굴을 바라보았

다. 박희연은 그런 황인철의 반응을 무시하고서 팔짱을
끼고 우현을 바라보았다.

"그때, 당신과 이야기를 나누었던 박광호가 제 오빠
에요. 알죠? 나래의 부 길드장."

"…오빠와 안 닮았군요."

"많이 듣는 말이에요."

박희연은 피식 웃으며 말했다. 그녀는 우현의 기세가
조금 꺾이는 것을 기대하며 눈을 빛냈다. 하지만 우현
은 별 반응을 보이지 않았다. 오히려 무덤덤한 얼굴로
박희연을 바라볼 뿐이었다.

"이만 가도 됩니까?"

"…그게 다예요?"

박희연은 순간 어이가 없어져서 물었다. 하지만 그
물음에 오히려 어이가 없는 것은 우현이었다.

"그러면 뭐, 다른 말해야 합니까?"

우현이 물었다. 그 물음에 박희연은 쯧하고 혀를 찼다.

"…뭐, 그건 아니지만. 오빠한테 들으니, 나래의 제안
을 거절했다던데."

"예."

"지금은 어때요? 저도 나래의 간부예요. 굳이 오빠한
테 부탁하지 않아도 당신을 길드에 넣어 줄 수는 있어
요. 그러니까…"

"그것에 대해서는."

우현은 미간을 찡그리며 박희연의 말을 끊었다.

"그때, 박광호씨에게 얘기했습니다. 아직 준비되지 않았다고. 그러니 나래에 들어가고 싶은 마음은 없습니다."

박희연의 얼굴이 차갑게 식었다.

"…그래요?"

박희연은 턱을 뒤로 당기고서 숨을 내뱉었다. 싸늘하게 식은 눈이 우현을 노려보았다. 우현은 그런 박희연의 시선을 담담하게 받으면서 머리를 끄덕거렸다.

"예."

우현이 말했다.

"나래에 들어갈 생각은 없습니다. 몇 번을 말하셔도 그렇습니다."

"왜죠?"

박희연은 우현의 거절을 면전에서 들었음에도 끈질기게 물었다. 그녀의 그런 태도가 질릴 정도였지만, 우현은 침착하게 호흡을 골랐다.

"말하지 않았습니까? 준비가 되지 않았다고."

"그러니까, 무슨 준비요?"

박희연이 곧바로 물었다. 안하무인격인 태도였다. 우현의 말은 듣지 않고, 그저 자기 하고 싶은 말과 느끼는 기분을 쏟아내는 것 같았다. 우현은 스멀거리며 올라오는 짜증을 꾹 삼켰다.

"아직 부족함이 많습니다. 나래의 제안은 고맙지만, 아직 길드에 소속되고 싶지는 않습니다."

"부족함? 뭐가요?"

박희연이 피식 웃음을 흘렸다. 그녀는 우현의 얼굴을 지그시 노려보다가, 뒷편에 있는 황인철과 다른 헌터들을 돌아보았다. 그들을 보는 박희연의 눈이 씰룩거렸다.

"저들은 전부 D등급의 헌터예요. 모두가 경력이 1년 이상이고요. 우현씨는 어떻죠? 헌터가 된 지 얼마나 됐어요?"

"··· 한 달 정도 됐습니다."

"한 달! 얼마 안 됐네요? 제가 말했죠? 우현씨가 싸우는 것을 봤다고. 말도 안 된다고 생각했어요. 고작 한 달이 된 헌터가 저 정도로 능숙하다니. 제 기준으로 봤을 때 우현씨 정도면 충분히 D등급 이상이에요. 높게 쳐준다면 C등급까지도 될 것 같고. 무슨 말인지 알겠어요?"

"모르겠습니다만."

띄워준다는 것은 알겠다. 높이 평가해준다는 것도 알겠고. 우현이 무덤덤하니 물어오자 박희연의 눈썹이 씰룩거렸다. 그녀는 우현을 보는 눈에 힘을 잔뜩 주었다.

"고작 한 달 된 당신이, 1년이 다 되어가는 다른 헌터들보다 낫다는 거예요. 그런 주제에 뭔 준비가 더 필요하다는 거예요? 똑바로 들어요, 우현씨. 나는 당신을 위해서 말하는 거예요. 당신은 재능이 있어요. 도대체 뭔 준비가 더 필요하다는 것인지는 모르겠지만, 그런 쓸데없는 것 생각하면서 재능을 썩히는 것은 바보 짓이라구요!"

우현은 아무런 말도 하지 않고 박희연의 말을 듣기만 했다. 박희연은 자신을 바라보는 우현의 차가운 눈에 내심 불편한 기분을 느끼면서도 말을 하는 것을 멈추지 않았다.

"당신이 준비가 아직 되지 않았다면 나래에서 그 준비를 하도록 하세요. 나래는 당신이 필요한 모든 것을 제공해 줄 거예요. 아무 조력 없이 혼자서 살아남을 수 있을 정도로, 이 바닥은 녹록치 않아요. 당장 우현씨의 장비를 보세요. 소드 메이커의 타이푼 2, 아이언 실드의 셀게이트 아머. 모두가 저급 랭크에서나 사용하는 양산형이잖아요!"

"그렇죠."

우현은 담담한 목소리로 대답했다. 그 대답에 박희연은 내심 웃음을 삼켰다. 우현이 넘어왔다고 생각한 것이다. 하긴, 제 쪽에서 아무리 고고한 척 목에 힘을 줘도 뭘 어쩌겠는가.

"당장 나래에서 보급되는 D급 헌터의 전용 장비들만 해도 그보다 퀄리티가 뛰어날 거예요. 아니, 그것 뿐만이 아니죠. 우현씨 정도의 잠재력이라면 그보다 더한 장비도 지원이 될 거예요. 그딴 쓰레기같은 장비를 고집할 이유가 없다구요. 그러니 나래에 가입하세요. 헛짓거리하면서 재능을 썩히는 바보같은 짓을…"

"당신이 보기에는."

우현의 입이 열렸다.

"당신이 보기에는, 내가 하는 짓이 쓸데없는 헛짓거리로 보입니까?"

우현은 조용한 목소리로 물었다. 분노나 짜증은 담겨 있지 않았다. 그의 목소리는, 그냥 차갑게 식어 있었다. 우현의 물음에 박희연의 잠시 우현의 얼굴을 보다가 머리를 끄덕거렸다.

"눈 앞에 기회가 있는데, 그것을 걷어 차는 것은 바보짓이에요."

"당신은 그것을 기회라 여길지도 모르겠지만, 나에게는 기회가 아닙니다."

우현은 머리를 흔들며 말했다.

"당신이 보기에는 쓰잘데기 없는 헛짓거리처럼 보여도, 나에게는 그렇지 않습니다."

"그러니까…"

"몇 번을 말해도 똑같습니다."

우현의 미간이 찡그려졌다.

"아무리 당신이, 또 나래가 몇 번을 더 권유해도. 지금 당장 제가 드릴 수 있는 대답은 이것 뿐입니다. 나는 나래에 가입하지 않습니다. 언젠가는 모르겠지만, 지금은 아닙니다. 지금의 나는 준비가 안 되어있고, 이 준비를 마치기 전에는 나래에 가입하지 않습니다."

"몸값을 불리려는 건가요?

잠시 침묵하고 있던 박희연이 웃음을 띠우며 물었다. 비꼬듯 묻는 말이었다. 뻔하지 않느냐고 묻는 것 같았다. 우현은 입술을 다물었다. 그런 그의 침묵을 박희연은 긍정이라고 받아들였다. 혹은 정곡을 찔려서 입을 다문 것이던가.

"하긴, 우현씨 정도의 잠재력이라면 등급 심사를 치룰 때마다 몇 계단씩 승급을 할 수 있겠죠. 상위 등급에 오른다면 오히려 돈을 줘서라도 스카웃하려는 길드가 있을 테고. 뭐, 좋아요. 얼마를 원하시나요?"

"…뭐라구요?"

우현은 어이가 없어서 되물었다. 박희연은 팔짱을 끼고서 피식 웃었다.

"우현씨는 욕심이 나는 인재에요. 대가를 원하신다면, 그만큼의 대가를 지불할 용의는 있어요."

파격적인 대우다. 아무리 잠재력이 있다고는 하나 우현은 F급 헌터다. 하지만 박희연은 우현에게는 그럴 가치가 있다고 판단했다. 당장 가진 실력만 해도 C등급이라 해도 무리가 없을 정도. 저 상태로 시간이 흐른다면? 투기를 불리고, 경험이 쌓이고.

'일 년 안에 A급까지 가능할 지도 몰라.'

그 정도로 빠른 성장속도를 보인 헌터는 여태까지 없었다. 물론 저만한 등급이 되기 위해서는 네임드 몬스터가 뱉어내는 마석까지 지원해야 하리라. 하지만 가치 있는 일이다. 상위 등급의 헌터를 얼마나 보유하고 있느냐는 길드의 위아래를 가리는 척도가 된다.

현재 나래는 길드 마스터인 SS급 헌터, 최우석을 정점으로 두고서 부길드장인 S급 헌터 박광호를 포함하여 총 6명의 S급 헌터를 데리고 있었다. 그리고 그 바로 아랫급인 A급 헌터는 14명이다. 한국의 가장 큰 길드 중 하나인 나래에서 데리고 있는 A급 헌터가 20명이 안 되는 것이다.

'돈을 지불할 가치는 충분해.'

박희연은 입술을 잘근 씹었다. 박희연은 우현을 놓치고 싶지 않았다. 그녀는 우현이 스카웃을 받아들인다면 오빠인 박광호 뿐만이 아니라 길드 마스터인 최우석에게까지 우현의 이야기를 할 용의가 있었다. 길드 쪽에서 스카웃에 돈을 쓰지 않겠다 한다면 사비를 쓸 생각도 있었다.

박희연이 우현에게 이렇게까지 건의한 것은 나름의 이유가 있었다. 길드 내에서 자신의 입지를 늘리기 위해서였다. 박광호가 비록 나래의 창립 멤버이자 부길드장이고, 가진 실력이 뛰어난 헌터이기는 하지만 나래 내에서 그를 위협할 이들은 많다. 나래 정도의 대형 길드라면 하나의 기업이라 해도 과언이 아닐 정도다. 자리를 노리는 이들은 얼마든지 있다.

"…몸값이라."

우현은 어이가 없어 웃음을 흘렸다.

"그런 생각은 하지도 않았습니다. 대체 몇 번을 말해야 하는 겁니까? 나는 당장 나래에 들어가고 싶은 마음이 없습니다."

"대체 뭐가 불만인 거예요? 필요한 모든 것을 제공할 것이고, 돈까지 주겠다고 했잖아요."

"아뇨. 나래는 제가 원하는 것을 줄 수가 없습니다."

우현은 단호히 머리를 흔들었다. 그 말에 박희연은 답답하다는 표정을 지었다. 하지만 오히려 답답한 것은 우현 쪽이었다. 몇 번이나 거절을 말했으면서도 끈질기게 따라붙는 박희연이 짜증났다.

더욱 짜증나는 것은, 우현의 행동을 두고서 쓸데없는 헛짓거리라 평한 것. 그리고 멋대로 우현의 말을 오해하여 자기 좋을대로 해석하는 것. 그것이 또 당연하다는 듯이 생각하며 자신의 의견을 밀어 붙이는 것.

"나는 돈을 원하지 않습니다. 나래의 지원? 필요없습니다. 나래가 지원해 줄 수 있는 것이 뭐가 있습니까? 좋은 장비? 돈? 마석? 다 필요없습니다. 분명히 말했습니다, 나는 나래에 가입하지 않습니다. 몸값을 불리기 위해서가 아닙니다. 단지 나에게는 시간이 필요할 뿐입니다."

우현은 박희연을 노려 보았다.

"당신이 나에게 공감하던 말던 상관없습니다. 당신이 뭐라 말을 하여도 나는 나래에 가입할 생각이 없으니까요. 그에 대해서는 당신의 오빠인 박광호씨에게 분명히 말했었고, 박광호씨도 제 말을 이해해 주었습니다. 그런데 대체 뭡니까. 왜 당신은 내가 몇 번이나 거절을 말해도, 그게 무슨 상관이냐는 듯 자기 할 말만 멋대로 하는 겁니까."

"나는…."

"아직 내 말 안 끝났습니다."

우현이 내뱉었다. 그 말에 박희연은 뺨을 씰룩거리더니 입술을 굳게 다물었다. 우현은 침묵하는 박희연의 얼굴을 노려보았다.

"몸값? 내가 그렇게 말했습니까? 당신이 멋대로 그렇게 생각한 것 아닙니까. 당신이 보기에 내가 뭐로 보입니까? 키울 값어치가 있는 짐승으로 보입니까? 내가 당신에게 길드에 가입하게 해 달라고 부탁이라도 했습니까? 솔직하게 말하죠. 당신이 하는 말에 나는 그 어떤 매력도 느끼지 못하겠습니다. 나래라는 배경도 당장 나에게는 필요가 없는 것이고, 나래가 제공하는 모든 편의와 당신이 지불하겠다는 돈도 별 매력이 없습니다. 당신이 아무리 좋은 조건을 말해도 지금의 나는 나래에 가입할 마음이 없습니다. 그러니까, 제발."

우현은 크게 숨을 내뱉었다. 짜증이 가득 담긴 시선이 박희연을 노려보았다.

"나를 내버려 두십시오. 나를 귀찮게 하지 마십시오. 당신 할 일이나 하란 말입니다. 괜히 사람 따라다니면서 귀찮게 하지 말고."

우현은 그렇게 말하고서 박희연의 대답을 기다렸다. 하지만 박희연은 아무런 말도 하지 않았다. 그저 몸을 부르르 떨면서 우현을 노려 볼 뿐이었다. 그 시선에 우현은 어깨를 으쓱거렸다.

"할 말 없으시면 이만 가보겠습니다."

그는 박희연의 대답을 기다리지 않고 몸을 돌렸다. 우현은 그대로 게이트를 빠져나갔고, 박희연은 사라진 우현의 등을 노려보다가 땅을 걷어 찼다.

"…건방지게…!"

기껏 좋게 봐주고 키워주려고 마음 먹었는데, 거절을 해? 박희연은 까득 이를 갈더니 몸을 홱 돌렸다.

게이트를 빠져나온 우현은 협회를 들리지 않고 곧바로 판데모니엄을 빠져나왔다. 집에는 아직 아무도 오지 않아 불이 꺼진 체였다. 방의 불을 키면서, 우현은 갑옷을 벗었다.

그러면서 박희연이 했던 제안에 대해 떠올렸다. 그녀는 길드 가입을 권유하며, 나래의 전폭적인 지지를 약속했다. 대형 길드의 전폭적인 지지. 그것은 분명 매력적인 제안이다.

하지만 나래의 권유는 일종의 투자다. 투자를 받아먹는다면 그만큼의 값어치를 해야만 한다. 자유로운 행동은 거의불가능이라 해도 좋다. 당장 박희연만 봐도 알 수 있는 일이다. B급의 헌터라는 박희연이 왜 이런 맞지않는 던전에 와 있겠는가? 부길드장인 박광호의 여동생이면서도 길드의 명령에 거스를 수 없는 것이다.

'아직은 안 돼.'

당장은 힘을 키우는것이 우선이다. 게다가 우현은 이미 선하에게 매인 몸이다. 정식으로 계약한 것도 아니고 구두로 말을 나눈 것 뿐이지만, 우현은 자신을 믿고 있는 선하를 배신하고 싶지 않았다. 적어도 앞으로 반년 동안은.

장비를 벗고서, 우현은 화장실로 들어갔다.

…될까?

우현은 화장실의 넓이를 살피며 생각했다. 아슬하게 될 것 같았다. 일어서 있는 것도 아니니까. 우현은 그렇게 생각하며 문을 잠궜다. 혹시나라도 현주가 돌아와서 이 광경을 본다면 난감해지기 때문이었다.

우현은 손을 뻗어 아공간을 열었다. 한 마리씩 하자. 우현은 조심스레 켄타우로스의 시체를 꺼내기 시작했다. 땅에 엎어진 놈들은 다행히 화장실의 천장에 부딪히거나 하지는 않았다. 잘랐던 다리에서는 피가 엉겨붙었고, 조금 고약한 냄새가 풍겼다. 우현은 미간을 찡그렸다.

"환기할 때가 문제로군."

그는 그렇게 중얼거리면서 블랙 코브라를 들었다. 조심스레 켄타우로스의 가슴을 갈랐다. 죽인지 제법 시간이 되었는데, 능력이 먹힐까? 그런 걱정을 하면서 심장을 칼로 그었다. 엉겨붙은 피 위로 자신의 피를 떨구었다.

걱정은 기우였다. 부글거리며 피가 끓더니, 마석이 만들어졌다. 만들어진 마석은 엄지손톱보다 조금 컸다. 18번 던전의 몬스터 중 가장 큰 마석을 만들어내던 스틸 아나콘다의 마석보다 크기가 컸다. 일단 하나. 우현은 마석은 세면대 위에 올려 놓으며 본격적으로 작업에 들어갔다.

"청소도 싹 해야겠군."

바닥에 흐르는 몬스터의 피를 보면서 중얼거렸다.

8월 25일.

우현은 선하의 연락을 받고 집을 나왔다. 다짜고짜 온 연락이었다. 지하철 역 이름과 인터넷에서 주워 온 약도. 그게 뭐냐고 물어도, 오기나 하라는 답장만 받았다. 뭔가 싶긴 했지만 거절하지는 않았다.

8월 26일, 16시 43분. 바바론가가 출현하는 시간이다. 바로 내일, 23번 던전에 바바론가가 나타나는 것이다. 그 이야기를 하기 위해서겠지. 지하철에서 내려 개찰구를 나오고, 입구로 나온 뒤에 핸드폰을 들었다. 선하가 보낸 지도를 열어보니 역과는 제법 거리가 있어서, 아무래도 택시를 타는 편이 나을 것 같았다.

택시를 타고 핸드폰을 보여주니, 택시 기사가 알아서 차를 몰았다. 주택가에서 내렸다. 지도와 대조해보면서 걷고서.

"…집?"

우현은 눈을 깜박거렸다. 지도에 표시된 곳에 있는 것은 고급스러운 단독주택이었다. 커다란 문, 높은 담벽, 담벽 너머로 보이는 잘 가꿔진 나무들. 드라마에서

나 볼 법한 단독주택. 우현은 입술을 반쯤 벌리고서 담벽을 바라보았다. 잘못 왔나? 그렇게 생각하며 다시 핸드폰을 내려 보아도, 위치는 이곳이 맞았다.

일단 선하에게 전화를 걸었다. 신호음이 몇 번,

[여보세요?]

선하가 전화를 받았다. 우현은 주머니에 손을 넣고서 닫힌 정문을 힐끗거리며 말했다.

"지도대로 오긴 왔는데, 뭐야? 집이잖아."

주택가에 있는 카페 정도로 생각했었는데.

[지금 문 앞이야?]

선하가 물었다.

"응."

대답 후 잠깐 침묵이 흘렀다. 닫힌 정문 쪽에서 철컥하는 소리가 났다.

[문 열었어. 안으로 들어 와.]

"…나보고 들어오라고?"

[그럼 내가 나갈까?]

선하가 물었다. 우현은 머리를 벅벅 긁었다.

"아냐, 들어갈게."

여자 집에 가는 것은 처음인가. 적어도 우현으로는. 그는 그렇게 생각하면서 문을 밀어 열었다. 안으로 들어가 문을 닫자, 자동으로 문이 잠겼다. 우현은 꿀꺽 침을 삼키며 넓은 정원을 바라보았다. 골든 리트리버라도 튀어나올 것 같은 정원이었다. 아니면 시베리안 허스키라던가. 우현은 자신이 가진 대형 견종에 대한 빈약한 지식과 인상에 피식 웃었다.

정원 너머에는 커다란 집이 있었다.

"9시 드라마에 나오는 집 같군."

며느리가 못 미더운 시어머니와 가정에 소홀하지만 보수적이고 엄격한 아버지, 사랑을 위해 재산을 포기하는 뜨거운 청년이 살 법한 집이야. 우현은 그렇게 생각하면서 정원을 가로질렀다.

문 앞에 섰다. 선하와의 전화는 이미 끊어져 있었기에, 다시 전화를 걸었다. 철컥. 전화를 받는 대신에 문이 열렸다.

"그냥 들어오면 되잖아."

선하가 투덜거렸다. 그녀는 편한 운동복을 입고 있었다. 우현은 별 의식하지 않고 어깨를 으쓱거렸다.

"열려있는 줄 몰랐지."

"일단 들어 와."

우현은 선하를 따라 집 안으로 들어갔다. 넓은 거실에는 가구가 있음에도 텅 비었다는 느낌이었다. 선하는 신기하다는 듯 거실을 둘러보는 우현을 힐끗 보았다.

"밥은? 먹었어?"

선하가 물었다.

"먹고 왔어."

"다행이네. 집에 먹을 것이 없거든."

선하는 그렇게 말하면서 쇼파에 털썩 앉았다. 우현은 자연스럽게 선하의 맞은편에 앉았다. 우현은 옆머리를 만지작거리는 선하를 향해 머리를 갸웃거리며 물었다.

"집으로는 왜 부른 거야?"

"할 얘기가 있어서."

"집 말고 다른 곳에서 해도 상관없잖아. 판데모니엄이라던가."

헌터는 그 어디에서도 판데모니엄에 들어갈 수 있다. 급하게 만나 할 얘기가 있는 것이라면 판데모니엄에서 만나는 편이 빠를 것이다. 아니면 전화로 하던가. 우현의 말에 선하는 머리를 흔들었다.

"판데모니엄에서는 안 돼. 인터넷을 쓸 수가 없으니까."

그녀는 그렇게 말하면서 옆에 두었던 태블릿 pc를 들어올렸다. 그녀는 눈을 가늘게 뜨고 태블릿 pc를 조작했다. 얼마 지나지 않아서 선하가 입을 열었다.

"4시에 판데모니엄으로 들어갈 거야."

그녀는 들고 있던 태블릿 pc를 테이블에 올려놓고,

우현이 볼 수 있도록 돌렸다. 선하가 계속해서 말했다.

"바바론가가 출현하는 위치는 세이브 포인트에서도 거리가 제법 멀어. 내일 일찍 출발해도 무리는 없겠지만, 다른 사람들이랑도 함께 파티를 해야 하고, 손을 맞출 시간도 필요할 테니까."

"던전에서 야영하겠다는 거야?"

"응. 필요한 준비는 내가 다 해놨어."

선하는 그렇게 말하면서 손을 뻗어 태블릿 pc를 짚었다.

"슬레이어즈에 23번 던전에서 사냥할 헌터를 모집했어. …솔직히 말해서, 모으는 것은 조금 힘들었어. 알아? 23번 던전의 평균 헌터 등급은 D야. 우리 등급은 F고. 못미더운 것이겠지."

"그래서, 못 구한 거야?"

"어떻게 구하기는 했어. E등급이 하나, D등급이 하나. 문제는 둘의 장비야."

선하는 한숨을 쉬면서 미간을 찡그렸다.

"솔직히 말해서 그리 좋은 편은 아니야. 네가 쓰는 셀게이트 아머나 타이푼2보다 수준이 낮을 정도지. 하지만 그들이 우리 파티에 지원한 헌터들 중에서 그나마 가장 나아."

"…어쩔 수 없지. 애초에 우리 등급이 맞지 않아 생긴 일이니까."

우현은 그렇게 중얼거리며 팔짱을 꼈다. 그는 선하가 짚은 태블릿 PC의 화면을 내려 보았다. 화면에는 슬레이어즈의 게시판과 파티에 지원한 헌터들의 이름이 떠 있었다.

김연철. E등급. 장비는 소드 메이커의 타이푼, 방어구는 브룩스의 호브 아머.

황주원. D등급. 장비는 갈파고르의 에벡스. 방어구는 브룩스의 카진 아머.

모두 한국인이었다. 이런 식의 파티 모집은 아무래도 같은 국적끼리 모이는 편이 많다. 판데모니엄 내에서 언어는 통일 되지만, 그렇다고 해도 같은 나라 사람인 것이 마음이 편하기 때문이다. 브룩스는 저가의 방어구 브랜드다. 등급이 낮은 헌터들이 애용하는 브랜드이고, 방어구의 질은 그리 좋지 않다. 소드 메이커의 타이푼은 F등급에서 자주 쓰이는 무기고, 갈파고르라. 우현은 머리를 갸웃거렸다.

"갈파고르?"

"중저가 브랜드야. 소드 메이커랑 비슷해. 에벡스는 E등급에서 자주 쓰이는 무기인데, 네가 쓰는 타이푼 2와 비슷한 정도야."

선하는 그렇게 말하면서 미간을 찡그렸다.

"김연철이 사용하는 무기는 해머. 황주원은 메이스야. 다들 타격병기를 사용해. 저들 중 탱커의 경험이 있는 것은 황주원이고."

몬스터는 방어벽을 가지고 있기에, 날이 선 무기로 단번에 베어낼 수가 없다. 그러다 보니 하급에서는 검 같은 무기보다는 해머, 메이스, 곤봉 같은 타격병기가 더 선호되고 있다. 투기를 조절하는 것이 힘들어도 방어벽을 부수는 것이 편하기 때문이다.

"…네가 고집을 부리니, 바바론가의 탱킹은 일단 너에게 맡길 거야. 일반 몬스터를 상대로 탱커는 크게 필요없으니까. 하지만 만약에, 네가 못 미덥거나… 위험해지면. 황주원에게 탱킹을 시킬 거야. 만약 황주원이 실수하거나 거절한다면, 혹은 죽는다면. 그 순간 사냥은 끝이야. 우리는 바바론가를 버리고 도망칠 거야."

"다른 파티가 먼저 바바론가를 사냥하고 있으면?"

"그런 일은 없어. 우리는 정확히 바바론가가 출현하는 포인트에서 대기할 거니까. 정신머리가 박힌 놈이라면 우리가 사냥하는 바바론가를 스틸하지 않아. 네임드 몬스터의 스틸은 가장 큰 중죄야. 몬스터 사냥 중에 일어날 수 있는 가장 예민한 문제니까."

"그렇다면 상관없어."

우현은 머리를 끄덕거렸다. 선하는 태블릿 PC를 끄고서 한숨을 내쉬었다. 아직 그녀는 우현에게 탱커를 시키는 것을 내심 못미덥게 생각하고 있었다. 상대는 바바론가. 난이도가 제법 있는 네임드 몬스터다. 그런 몬스터의 탱커를 우현에게 시켜도 되는 것일까. 탱커는 자기 자신의 목숨 뿐만이 아니라 파티원 전체의 목숨까지 책임져야 한다. 실수라도 한다면…

"이 얘기 때문에 오라고 한 거야?"

"…응? 아, 아니. 여기로 부른 것은 다른 이유 때문이야."

선하는 한숨을 쉬면서 몸을 일으켰다. 이미 늦었다. 이제 와서 제대로 된 탱커를 구하기는 늦었다. 이렇게 된 이상 우현을 믿을 수밖에 없다.

"…네 장비."

선하가 입을 열었다. 그녀는 우현의 몸을 쭉 훑어보았다.

"소드 메이커의 타이푼2. 아이언 실드의 셀게이트 아머. 괜찮은 장비지만… 바바론가를 상대로는 부족할 거야."

"새 장비를 살 돈은 없어."

우현은 턱을 뒤로 당기면서 말했다. 근 며칠 동안 23번 던전을 홀로 떠돌면서 몬스터를 사냥했다. 그를 처분하여 꽤 많은 돈을 받기는 했지만, 지금 착용한 것의 이상가는 장비를 구입할 여력은 없다. 우현의 말에 선하가 머리를 끄덕거렸다.

"나도 알아."

"…네가 사주겠다는 말은 하지 마. 빚 지는 것 같아서 불편해."

"사줄 생각도 없는데 왜 김칫국을 마시는 거야?"

선하가 미간을 찡그리며 물었다. 그녀는 우현을 지나쳤다.

"어디 가?"

우현이 머리를 뒤로 돌리며 물었다.

"따라오기나 해."

선하는 뒤도 돌아보지 않고 대답했다. 우현은 어깨를 으쓱거리며 쇼파에서 일어나 선하를 따라갔다.

선하는 굳게 닫힌 방문 앞에 멈춰 섰다. 우현은 잠금 장치로 잠긴 방문을 보며 머리를 갸웃거렸다. 선하는 그런 우현을 무시하고 비밀번호를 눌러 문을 열었다.

"들어 와."

선하가 방 안으로 들어갔다.

방 안은 무기들로 가득했다. 도검류와 타격병기, 장병기 등. 다양한 무기들이 깨끗한 상태로 보관되어 있었다. 우현은 반쯤 입을 벌리고 그것을 바라보았다.

"우리 아버지가 쓰던 무기야."

선하는 그렇게 말하며 우현을 돌아보았다.

"일 년 전에 최상위 던전에서 사용하던 무기니까, 지금 써도 별 문제는 없을 거야. 마음에 드는 것이 있으면 골라 봐."

"…고르라고? 나 주는 거야?"

"정확히 말하자면 빌려주는 거야."

선하는 팔짱을 끼고 심드렁한 목소리로 말했다.

"파티원으로 구한 둘의 장비가 변변찮으니까, 이쪽이 장비를 업그레이드 하는 수밖에 없잖아. 4시까지 시간이 좀 남기는 했는데… 너무 여유는 부리지 마. 협회에 가서 장비 변경 등록도 해야 하고, 바꾼 장비에 익숙해져야 하니까."

우현은 벽에 걸린 도검류들을 바라보았다. 우현이 사용하는 투핸드소드는 종류가 적었다.

"종류가 많네."

그는 그렇게 중얼거리면서 검이 걸린 벽 쪽으로 다가갔다.

"여러가지 무기를 다루셨거든. 썼던 무기는 팔지 않고 대부분 모으셨고. 초기 헌터들은 국가에서 지원을 워낙 많이 해줬던 터라 돈 부족한 일은 없었어. 덕분에 지금 와서는 하위 헌터들이 머리를 들지 못하고 있지만."

선하의 말을 들으면서 우현은 머리를 끄덕거렸다. 초기의 헌터들은 많은 지원을 받으며 재산을 쌓았다. 그런 시대가 지나고 이제는 많은 헌터가 생겨났다. 국가의 지원은 덜해졌고, 재산을 불린 상위 헌터들은 피라미드의 높은 위치를 확고히 다졌다.

"만져봐도 돼?"

"응."

우현은 벽에 걸려있던 대검 중 붉은 검신을 가진 것으로 손을 뻗었다. 날이 넓고 두꺼워 무게가 상당해 보이는 녀석이었다. 척 보아도 범상치 않은 물건이었다. 우현은 검신의 중앙에 박힌 붉은 보석을 보면서 눈을 빛냈다.

"이건 뭐야?"

"파브니르."

선하가 말했다.

"…37번 던전, 라오레스의 화산. 그곳의 보스 몬스터였던 화룡 라오레스의 송곳니로 만든 검이야."

보스 몬스터의 사체로 만든 무기. 우현은 놀란 얼굴로 선하를 돌아보았다.

"주문제작밖에 받지 않는 마이스터의 장인에게 의뢰하여 만들었다고 해. 중앙에 박힌 보석은 라오레스의 불 주머니에서 발견된 보석이야. 마석과는 달라."

선하는 그렇게 말하며 우현의 곁으로 다가왔다. 그녀는 손을 뻗어 라오레스의 송곳니로 만든 검을 잡았다. 선하는 잠시 호흡을 고르더니 검자루를 꽉 잡았다.

화악! 뜨거운 열기가 뿜어졌다. 우현은 놀라 몇 걸음 뒤로 물러섰다. 선하는 눈을 가늘게 뜨고서 색이 진해진 검신을 내려 보았다.

"투기를 불어넣으면 검신이 달아올라. ATK 점수는 1120이고."

ATK 1120. 우현이 쓰던 타이푼2의 ATK 점수는 480이었다. 거의 3배에 가까운 차이가 나는 것이다. 우현은 선하에게 손을 뻗었다. 선하는 말없이 우현에게 파브니르를 건네주었다. 투기가 끊긴 검신은 더 이상 열기를 발하고 있지 않았지만, 아직 뜨거운 기운이 남아 있었다.

"…이거로 해도 돼?"

ATK점수도 높고, 검신이 달아오른다는 옵션도 있다. 게다가 이제는 잡을 수 없는 보스 몬스터의 사체로 만든 검이다. 만약에 판다면 부르는 대로 값이 매겨질 것이다.

"…다룰 때 조심해."

선하가 머리를 끄덕거렸다.

"너, 키가 몇이야?"

우현이 파브니르를 아공간으로 집어넣을 때, 선하가
물었다.

"나? 181… 그 쯤 될 걸."

우현은 머리를 갸웃거리며 대답했다. 키를 잰 것은
몇 달 전에 헬스장에 갔을 때였다. 나이가 나이니 그
이후로 키가 더 크지는 않았을 것이다. 우현의 대답에
선하는 잠시 생각하는가 싶더니 우현의 앞으로 다가왔
다.

"차렷해봐."

"뭐?"

"차렷해 보라고."

선하가 다시 말했다. 우현은 어정쩡한 자세로 차렷했
다. 선하는 손을 뻗어 우현의 어깨를 잡았다. 우현은 흠
칫 놀라 턱을 뒤로 당겼다.

"뭐, 뭐하는 거야?"

놀라 더듬거려 물으니 선하가 미간을 찡그렸다.

"가만히 있어 봐. 체격 좀 보게."

그녀는 그렇게 말하면서 어깨를 잡은 손을 아래로 내
렸다. 그녀의 손이 우현의 팔을 쭉 훑어 내렸다. 그녀는

머리를 살짝 갸웃거리더니 우현의 팔을 잡고 있던 손을 뗐다.

"양 팔 위로 들어서 만세 해 봐."

선하가 명령했다.

"…만세?"

"만세."

우현는 한숨을 삼키며 양 팔을 위로 들었다. 선하는 진지한 얼굴로 우현의 가슴을 어루만졌다. 얇은 옷 너머로 느껴지는 손길에 우현의 몸이 뻣뻣하게 굳었다. 선하는 우현의 가슴을 쭉 어루만지더니, 서있는 방향을 바꿔서 우현의 가슴과 등을 손으로 짚었다. 둘레를 확인하려는 것일까. 그녀의 머리가 갸웃거렸다.

"…잘 모르겠는데."

그녀는 그렇게 중얼거리더니 손을 내려서 우현의 허리를 잡았다. 선하의 표정이 묘해졌다. 갑옷의 크기와 대입해 보았지만 잘 와닿지가 않았다. 역시 직접 입혀 보는 수밖에 없나. 죽은 아버지의 키가 우현과 얼추 비슷했으니, 전신 갑옷까지도 사이즈만 맞는다면 입을 수 있을지도 모른다.

"…갑옷도 빌려줄게."

선하는 결정을 내렸다. 무기를 바꾸는 것으로 딜량은 높였지만, 이번 레이드에서 우현이 책임져야 할 포지션은 탱커다. 물론 탱커 역시 좋은 방어구와 더불어 좋은 무기를 착용해야 한다. ATK가 높은 무기를 써서 네임드 몬스터의 시선을 끌어야 하기 때문이다.

"…방어구? 방어구는 필요없는데."

우현은 머리를 흔들었다. 탱커는 극단적으로 가른다면 둘로 나뉜다. 공격형 탱커와 방어형 탱커. 방어형은 견고한 방어구와 방패까지 사용하면서 몬스터의 공격을 '받아낸다.' 하지만 공격형은 아니다. 공격형 탱커는 방어보다는 공격에 몰두하면서 몬스터의 시선을 끈다. 방어보다는 회피를 중점으로 두는 것이다.

우현은 방어형이 아니라 공격형 탱킹을 할 생각이었다. 그쪽이 스타일에 더 맞기도 하고, 익숙했기 때문이다. 공격에 맞지 않는 것. 방어가 아니라 회피를 하는 것을 전제로 두고 있으니, 방어구의 변경은 그다지 필요가 없다.

"안 돼."

우현의 설명에 선하가 눈에 힘을 주었다.

"공격형 탱커로 해서 회피기동을 주로 둔다고 해도, 만약의 경우라는 것이 있어. 네가 입은 빈약한 갑옷으로는 한 대 맞았다가는 죽을 걸."

선하가 냉정한 어조로 말했다. 우현은 반박하려 했지만, 그만두었다. 선하는 모르는 일이다. 우현의 투기는 지난 번 선하가 마석을 주었을 때보다 거의 1.5배에 가깝게 불어 있었다. 며칠 동안 일반 몬스터를 질리도록 사냥하며 마석을 뽑아냈기 때문이다.

"…뭐, 공짜로 주는 거니까."

"주는 것 아니야. 빌려주는 거라니까."

선하가 눈을 부라렸다.

"네, 네."

우현은 어깨를 으쓱거리며 대답했다. 선하는 우현을 다른 방으로 데리고 갔다. 갑옷을 보관하는 방이었다.

"다 팔아버릴까 생각하기도 했는데."

선하는 비밀번호를 누르면서 말했다.

"이것도 우리 아버지가 쓰던 갑옷들이야. 내가 입기에는 너무 커서 방만 차지하고 있어."

"안 팔았나 보네."

"아버지 물건이니까."

가라앉은 중얼거림과 함께 문이 열렸다. 무기보다는 수가 적어 보였지만, 보관된 갑옷들은 무기가 그러했듯이 다들 범상치 않아 보였다. 하긴, 1년 전이라고 해도 최상위권의 헌터가 사용했던 갑옷이다. 이곳에 있는 것들 중 품질이 가장 낮은 것이라도 우현이 가진 셀게이트 아머보다는 나으리라.

"사이즈가 맞을 지는 모르겠네. 직접 입어보는 수밖에 없나?"

"네 앞에서?"

우현이 농담을 던졌다. 하지만 선하는 농담을 농담으로 받아들이지 않았다. 그녀는 질색이라는 듯 우현을 노려보았다. 우현은 그 시선에 낮게 헛기침을 하고서는 벽에 걸린 갑옷들을 쭉 돌아보았다.

갑옷의 종류는 다양했다. 갑옷을 만드는 재료는 무기가 그러하듯, 몬스터의 사체다. 몬스터의 사체는 그 자체만으로도 뛰어난 재료다. 개중에는 현대의 금속보다 단단한 것도 존재한다. 하지만 몬스터의 사체로 갑옷을 만드는 가장 큰 이유는, 역시 몬스터의 사체가 투기를 쉽게 담기 때문이다.

우현이 주목한 것은 검은색으로 번들거리는 갑옷이었다. 우현은 가까이 다가가서 그것을 만져 보았다. 손가락으로 누르는 대로 눌려질 정도로 무르다. 우현이 머리를 갸웃거리자, 뒤에서 선하가 알려주었다.

"라크로시아. 34번 던전의 보스 몬스터였어. 그건 놈의 껍질로 만든 갑옷이야."

"너무 무른데?"

"하지만 충격 흡수량이 엄청나. 엄청 질기기도 하고."

선하의 말을 듣고서 우현은 라크로시아로 만든 갑옷을 가만히 바라보았다. 이 정도로 무르다면 움직임에 방해는 되지 않을 것이다. 게다가 충격흡수량도 좋고 질기다고 하니 만약의 경우, 몬스터의 공격에 노출되었을 때에 치명상도 피할 수 있을 것이다. 우현은 잠시 생각하다가 머리를 끄덕거렸다.

"이거로 할게."

선하가 나간 방에서 갑옷을 착용해 보았다. 다행히 사이즈는 맞았다. 우현은 방 한쪽에 세워진 전신거울 앞에서 자신의 모습을 비춰보았다. 검은 색으로 번들거리는 갑옷으로 전신을 감싼 모습은, 솔직히 말해서 F급 헌터라고 생각할 수 없을 정도로 관록있어 보였다.

"옷이 날개로군."

그래 봤자 알맹이는 아직 허접한데 말이지. 우현은 쓰게 웃으면서 닫힌 문을 열었다. 문 바깥에서 기다리고 있던 선하는 우현의 모습을 보고서 작은 감탄을 흘렸다.

"제법 그럴 듯 해 보이네. 어디서 장비가지고 욕은 안 먹겠어."

"그래봤자 등급은 F잖아."

"등급이 낮아도 장비 좋으면 상위 던전에서도 비벼볼 만 해. 실력이 안 되면 장비라도 되어야 하니까."

선하는 그렇게 말하고서는 핸드폰을 들어 시간을 확인했다. 1시가 조금 넘어 있었다.

"밥 먹었다고 했지? 일단 바로 판데모니엄으로 가자."

그녀는 그렇게 말하면서 핸드폰을 주머니로 집어넣었다.

"바꾼 장비도 사용해서 익숙해져야 할 테니까. 23번 던전의 지도, 가지고 있어?"

"응. 혼자서 몇 번 가봤거든."

우현이 대답했다. 그 대답에 선하는 조금 놀란 얼굴로 우현을 바라보았다.

"…혼자서?"

되묻는 말에 우현은 머리를 끄덕거렸다.

"…저기, 일단 나는 네가 혼자서 어느 던전에 가든 그리 간섭하고 싶지는 않지만… 23번 던전은 혼자 가기에는 너무 위험…."

"멀쩡히 네 앞에 있잖아?"

우현은 피식 웃으면서 말했다. 그 말에 선하는 입술을 삐죽거리더니 크게 한숨을 쉬었다.

"…하긴, 그러네. 갑옷 갈아입고 올게."

선하는 다시 방문을 닫았다. 우현은 입고 있던 갑옷을 다시 벗었다. 어디까지나 사이즈 확인용으로 간단히 입어본 것이기 때문이다. 갑옷 안에 받쳐 입을 타이즈는 아공간에 보관해 왔기에, 사냥 준비를 하는 것에는 별 문제가 없었다.

갑옷으로 갈아입고 파브니르까지 등에 걸치고서 방문을 열고 나왔다. 조금 기다린 후에 선하가 돌아왔다. 그녀는 장비를 모두 착용한 우현의 모습을 위 아래로 훑어보더니 머리를 끄덕거렸다.

"판데모니엄 내의 협회로 가서 장비 변경을 신고해야 해."

협회는 헌터 간의 불법적인 거래를 방지하기 위해, 장비의 변경 때마다 헌터에게 장비 변경 신고를 의무화시키고 있었다. 헌터 등록증은 바꾼 장비가 늘 최신화되기 때문에, 등록증의 장비와 다른 장비를 착용한 것이 신고당하거나 적발당하면 등급이 강등되거나 심한 경우는 헌터 자격을 박탈당하기도 한다.

협회는 그런 식으로 헌터들을 통제하려 하지만, 어느 곳에나 말 안 듣는 놈은 있는 법이다. 헌터로서 자격이 없는 자들. 등록이 안 된 자들. 그들은 '고스트'라고 불리며 판데모니엄의 그림자에 숨어 지내고 있다. 그들 중 심한 경우는 다른 헌터를 습격하고 죽여 장비를 강탈하고, 그것을 자신들과 같은 처지인 브로커에게 팔아 넘기는 경우도 있다.

"그러니까, 조심하라는 거야."

선하가 경고했다. 그녀는 협회의 문 앞에 서서 우현을 힐끗 돌아보았다.

"좋은 장비는 고스트의 먹잇감이야. 특히 장비는 좋은데 등급이 낮은 경우는 나 좀 먹어달라고 광고하는 것과 똑같아. 대책은 정론을 확실히 따르는 거지. 슬레이어즈 같은 검증된 곳에서만 파티를 구할 것. 즉석에서 파티를 구했다가는 상대의 등록증이 진짜인지 가짜인지 확인이 불가능 하니까."

"던전 내에서 습격은 어떡해?"

"…그건 최악이지. 판데모니엄 내부라면 판데모니엄을 나가는 것으로 빠져나갈 수 있지만, 던전은 아니니까. 그러니 더욱, 믿을 수 있는 사람과 함께 다녀야 하는 거야."

선하의 충고를 들으며 협회로 들어갔다. 번호표를 끊고서, 조금 기다린 후에 장비 변경을 등록했다.

"이전에 사용하던 장비는 여유 장비로 두시겠습니까?"

우현은 그 물음에 선하를 힐끗 보았다. 선하는 머리를 끄덕거렸다.

"여유 장비는 있는 편이 좋아. 던전에서 갑옷이나 무기가 파손될 경우 교체해야 하니까."

그 말에 우현은 다시 직원을 바라보았다.

"여유 장비로 두겠습니다."

"알겠습니다. 나중에 장비를 처분하실 경우에는 다시 협회를 찾아 등록을 갱신해 주십시오."

조금 시간이 지난 후에 우현은 등록증을 돌려받았다. 등록증을 뒤로 돌리니, 장비 목록이 최신화되어 있었다. 파브니르, 라크로시아, 블랙 코브라. 그 아래에 2번 장비로 타이푼2와 셀게이트 아머. 그것을 돌려 받고서, 우현은 선하와 함께 23번 던전으로 들어갔다.

"2시간 정도 남았네. 너무 무리하지는 말고, 장비에 익숙해지는 것을 중점으로 둬."

선하가 충고했다. 본격적인 사냥을 앞두고 무리하고 싶은 마음은 우현도 없었다. 우현과 선하는 초원을 가로질렀다. 선하는 짧은 단검을 들고서 수풀을 베어나가며 길을 열었고, 우현은 머리 위에서 하피가 떨어지는 것을 경계하며 선하의 뒤를 지켰다.

"전방에 켄타우로스 둘."

선하가 소곤거렸다. 우현은 머리를 들어 수풀 너머를 바라보았다. 선하가 말한 대로 두 마리의 켄타우로스가 서로를 마주보며 무어라 대화를 나누고 있었다. 물론 대화라고 해 봐야 우현이 듣기에는 뭔 소리인지 알아들을 수 없는 괴상한 소리였다.

"정면으로? 아니면 나뉘어서?"

우현이 물었다. 두 마리의 켄타우로스 정도야 우현 혼자서도 사냥할 수 있다. 하지만 지금은 선하와 둘이다. 우현 혼자 독단으로 행동해서는 안 된다.

"정면으로."

선하가 곧바로 대답했다.

"누가 먼저?"

그렇게 물으니, 선하가 우현을 힐끗 보았다.

"네가 먼저 가. 탱커잖아?"

"일반 몬스터 상대로 무슨."

우현은 피식 웃었지만 선하의 말을 거부하지는 않았다. 그는 몸을 일으키고 선하의 곁을 지나 앞으로 나갔다. 우현이 소리를 내자 켄타우로스들이 흠칫 놀라더니 우현을 돌아보았다.

"내가 왼쪽…."

"아니, 괜찮아."

선하가 하는 말을 끊으면서 우현은 앞으로 걸어나갔다. 짧게 뭐라 말을 주고 받은 켄타우로스들 중 덩치가 조금 더 큰 놈이 우현에게 달려들었다. 네 다리로 땅을 박차며 달려드는 놈을 보면서, 우현은 등에 걸치고 있던 파브니르를 잡아 뽑았다.

투기를 불어넣자 파브니르의 날이 시뻘겋게 물들더

니 뜨거운 열기를 내뿜었다. 이전에 쓰던 타이푼2보다 몇 배는 더 강한 검이다. 그렇다면 할 수 있으리라. 우현은 양 손으로 파브니르를 붙잡고, 달려드는 켄타우로스를 향해 빠르게 휘둘렀다.

선하의 눈이 경악으로 크게 떠졌다.

일격에 켄타우로스의 몸이 동강났다.

뜨거운 열기가 화악하고 스쳤다. 동강나 나뒹구는 켄타우로스의 시체에서는 피조차 뿜어지지 않았다. 파브니르의 검신이 내뿜는 열기가 베어냄과 동시에 절단면을 통째로 지져버렸기 때문이다. 일격. 가능할 것이라 생각했고, 가능했다. 장비의 변경도 큰 이유는 되겠지만, 근 며칠 사이에 우현이 흡수한 마석의 양이 만만치 않았기 때문이다.

두 마리 중 한 마리를 죽였다. 아직 하나가 남아있다. 우현은 휘두른 검을 당기면서 발을 뻗었다.

투웅!

우현의 몸이 가볍게 튕겨 앞으로 쏘아졌다. 라크로시아의 갑옷은 이전에 쓰던 셀게이트 아머보다 훨씬 가벼웠다. 투기의 육체 강화를 쓰지 않아도 몸을 움직이는 데 무리가 없을 정도.

육체 강화까지 한다면, 더욱 빨라진다. 쏘아진 우현의 몸이 순식간에 켄타우로스의 앞까지 치달았다. 놈이 화들짝 놀란 것이 보였다. 무기는 곤봉. 높게 치솟은 그것이 발악하듯이 아래로 떨어졌다. 우현은 피하는 대신에 몸을 살짝 비틀었다. 머리를 옆으로 빼고, 왼쪽 어깨를 더욱 들어서 공격을 받아냈다.

"뭐, 뭐하는…!"

뒤에서 보고 있던 선하가 경악한 목소리로 외쳤다. 선하가 보기에는 우현이 일부러 켄타우로스의 공격으로 달려드는 것처럼 보였기 때문이다. 맞는 말이었다. 우현은 일부러 켄타우로스의 공격을 몸으로 받아냈다.

묵직한 충격이 어깨를 내리 눌렀다. 짧은 찰나, 우현의 정신은 그것을 똑바로 보았다.

'좋군.'

라크로시아의 갑옷은 뛰어난 갑옷이었다. 일직선으로 떨어진 충격이 닿음과 동시에 흡수된다. 아주 약간의 충격만 남을 뿐이다.

쿠웅!

눌리는 어깨를 비틀어 빼냈다. 내리 찍은 곤봉이 땅에 처박혔다. 발을 좀더 옆으로, 몸을 완전히 빼내고 빙글 몸을 돌려서 크게 휘두른 검이 켄타우로의 몸을 동강냈다. 우현은 막혔던 숨을 크게 뱉으면서 검을 아래로 내렸다. 그는 다리를 굽히고 앞으로 쓰러지는 켄타우로스의 시체를 바라보았다.

"너, 뭐한 거야!"

뒤에서 선하가 성난 고함을 지르며 달려왔다. 우현은 그녀를 바로 돌아보지 않고서 켄타우로스의 시체를 내려 보면서 턱을 어루만졌다. 괜히 다치고 싶지 않아서 직격은 피했다. 하지만 공격이 몸에 닿았던 짧은 순간, 라크로시아의 갑옷이 얼마나 뛰어난 방어구인지는 충분히 검증했다.

'맞아도 죽는 경우는 없겠군.'

최선은 맞지 않는 것이다. 라크로시아의 갑옷은 탱커용 갑옷이 아니기 때문에, 직격으로 들어오는 공격의 데미지를 완전히 흡수할 수 없다. 하지만 적어도 죽을 위기에서 한 번 살려준다는 것만으로도 방어구의 역할은 확실히 하고 있다.

파브니르는 말할 것도 없었다. 좋은 검이다. 지금의 우현이 사용하기에는 사치스러울 정도로. 물론 예전에 호정이 쓰던 무기들과 비교하자면 손색이 있는 것은 어쩔 수 없었다.

'장비 덕을 본다면 C급 이상… 어쩌면 B급 정도랑 비벼 볼 수 있을 지도 모르겠는데.'

이 세상의 B급 헌터가 어느 정도의 실력인지는 잘 모르겠지만. 우현이 생각에 잠긴 중에 선하가 우현의 등 뒤로 다가왔다. 그녀는 생각에 잠긴 우현의 등을 보면서 미간을 찡그렸다.

"무슨 생각을 하는 거야?"

"…어? 아니, 그냥. 장비가 생각했던 것보다 너무 좋아서… 조금 놀라고 있었어."

우현은 어색하게 웃으며 대충 말을 돌렸다. 그 대답에 선하는 크게 숨을 뱉으면서 머리를 흔들었다.

"그야 당연하지. 둘 다 보스 몬스터의 사체로 만든 장비라고. 이제는 어디서 구할 수도 없는, 세상에 하나 뿐인 장비란 말이야."

방금, 뭐지? 말을 하면서 선하는 다른 생각을 했다. 방금 전에 우현의 움직임은 그녀의 머리에 생생히 박혀있었다. 분명히 켄타우로스의 공격에 맞았는데… 선하는 어색하게 웃는 우현의 얼굴을 빤히 노려보았다.

이해가 조금 어긋나고 있었다. 무기를 좋은 것으로 바꿨다고 해도 켄타우로스를 일격에 베어 내다니. 좋은 무기는 무기 자체의 성능 뿐만이 아니라, 투기를 어떻게 다루느냐에 따라 그 진가가 들어난다.

특히 파브니르처럼 특수한 옵션이 붙어있는 무기는 더욱 그렇다. 파브니르는 투기를 얼마나 불어넣느냐에 따라 검신이 내뿜는 열기가 달라진다. 선하의 시선이 삐딱하게 내려와 켄타우로스의 절단면을 보았다. 지글거리며 끓는 절단면이 보였다.

'아무리 마석을 흡수했다지만….'

투기의 총량이 늘은 것과 투기를 무기에 불어넣는 것
은 전혀 다른 문제인데. 우현은 선하의 시선에 머리를
갸웃거렸다.

"왜?"

되묻는 말에 선하는 흠칫 놀라 머리를 흔들었다.

"아, 아니. 아무 것도 아니야."

진짜 천재인 건가? 아무리 생각해 봐도 그렇게밖에
생각할 수가 없었다. 우현은 선하의 대답에 어깨를 으
쓱거리더니 켄타우로스의 시체를 힐끗 보았다.

"사체 수습은 내가 할게."

"…응?"

선하가 눈을 동그랗게 떴다.

"내가 탱커 역할이라며? 보통 몬스터 사체는 탱커가
수습하는 것 아냐?"

파티 사냥의 중심은 탱커다. 오더를 내리는 것 역시
탱커가 맡는다. 사실상 파티의 리더라고 할 수 있기에,
사체의 수습과 정산은 탱커가 맡는 것이 불문율이다.
물론 그것은 호정의 세계에서 통용되던 것이라, 이 세
계가 어떤 방식인지는 우현도 잘 몰랐다.

"…뭐, 그렇기는 하지만… 알았어. 네가 수습해."

선하가 머리를 끄덕였다. 아무래도 이 세상도 호정의

것과 크게 다르지 않은 모양이었다. 우현은 씩 웃으면서 머리를 끄덕거렸다. 몬스터의 사체를 직접 수습하는 것은 우현에게 있어 큰 의미가 있었다. 만약, 바바론가의 시체에서 마석이 나오지 않을 경우가 있으니까.

"장비는 어때?"

"아주 좋아. 부족한 부분이 말끔히 채워진 기분이야. 이 정도면 해 볼 만 하겠어."

우현은 웃으며 말했다. 선하는 묵묵히 머리를 끄덕거렸다. 그녀는 아까 우현의 움직임을 다시 떠올렸다. 내가 그렇게 할 수 있을까? 떠오르는 의문에 선하는 곧바로 대답하지 못했다.

"…일단 조금 더 해 보자. 시간이 아직 남았으니까."

파티 멤버와의 접선까지는 아직 두 시간 가량 남아 있었다. 접선 장소는 23번 던전의 입구였으니 너무 멀리 나갈 수는 없다. 근처를 벗어나지 않고 보이는 몬스터를 사냥하는 식이면 될 것 같았다.

"그래. 조금 더 시험해 보고 싶은 것이 있거든."

우현은 머리를 끄덕거렸다. 어느 정도 할 수 있겠다고, 그런 생각이 들었다. 아직 예전의 힘을 완전히 끌어내기에는 투기의 양이 너무 부족하지만… 장비의 보조를 받는다면 비슷한 정도는 흉내낼 수 있을 것 같았다.

결정이 내려지고 둘은 곧바로 움직였다. 선하와 우현은 수풀을 헤치며 보이는 족족 몬스터를 사냥했다. 둘이었지만 사냥은 사실상 우현 혼자서 하는 것과 다름없었다. 머리 위에서 떨어지는 하피나, 수풀 속에서 튀어나오는 몬스터, 켄타우로스. 투기를 적당히 조절했음에도 모두가 일격이었다. 모르는 사람이 본다면 상위 등급의 헌터가 낮은 등급의 던전으로 들어 와 스트레스를 푸는 것이라 생각할 정도였다.

반복적인 사냥으로 우현은 확실히 감을 잡았다. 부족한 공격력은 파브니르의 성능으로 보완할 수 있다. 라크로시아의 방어력이 만약의 경우 발생할 치명상을 피하게 해준다. 즉, 투기에 여유량이 생긴다.

그것을 육체 강화 쪽으로 돌린다. 그는 이전의 장비를 사용할 때보다 더욱 빠르게 움직일 수 있게 되었다. 솔로 플레이나 공격형 탱킹에서 가장 중요한 것은 치고 빠지는 것, 즉 히트 앤 런이다. 때릴 때는 강하게, 빠질 때는 빠르게. 그것에 필요한 것은 투기 사용의 빠른 전환이다. 어렴풋이 감으로만 잡으려던 것이 확실히 손에 들어오는 것 같았다.

'할 수 있어.'

기분 좋은 고양감을 느꼈다. 멀어서 잘 보이지도 않던 것이 드디어 시야 안으로 들어온 것만 같았다. 그래

봤자 아직 부족하지만, 헌터가 된 지 한 달이 채 되지 않았다는 것을 떠올리면 비약적인 발전이다.

'이런 속도라면 못해도 반 년 정도면 완전히 회복할 수 있겠어.'

SS급 헌터였을 때의 실력을 되찾는 것에 반 년. 다른 사람이 듣는다면 코웃음을 칠 것이다. SS급 헌터는 전 세계에서 30명도 안 된다. 경력이 2년이 넘은 베테랑 헌터들 중에서도 S급 헌터의 자리에 오른 이들은 극히 드물다. 협회가 주관하는 등급 심사는 단순히 경력이 많고, 실적이 많다는 것만으로 승급할 수 없다. 그만한 실력이 뒷받침 되어야 한다.

'하지만 가능해.'

우현은 확신했다. 이미 경험은 가지고 있다. 경력과 실적은 앞으로 쌓으면 된다. 지금 당장 몸이 준비만 된다면 전성기 때의 힘을 펼칠 수가 있다. 하지만, 그래서는 부족하다. 그는 더 강해져야만 했다. 최상위 등급인 SSS급 이상의 힘을 가져야만 한다.

판도라의 괴물을 상대하기 위해서는 그로도 부족하다.

REVENGE

4. 바바론가 레이드(1)

HUNTING

NEO MODERN FANTASY STORY & ADVANTURE

REVENGE HUNTING

4. 바바론가 레이드(1)

"김연철이라고 합니다."

입구 게이트에서 만난 김연철은 키가 190은 될 법한 거구였다. 해병대 스타일로 짧게 자른 머리에 얼굴은 까무잡잡하게 탔는데, 갑옷 너머로 보이는 단단한 체격은 운동선수를 연상시킬 정도였다. 그는 우현과 선하를 향해 꾸벅 머리를 숙이며 자신의 이름을 소개했다.

"황주원입니다."

황주원은 생각했던 것과는 달리 키가 조금 작았다. 170 중반쯤 될까. 묵직해 보이는 메이스를 허리춤에 걸고 있는 그는 얇은 안경을 쓰고서 불편하다는 듯이 우현과 선하를 바라보았다. 우현은 그런 황주원의 시선에 살짝 머리를 갸웃거리면서도 자신을 소개했다.

"정우현입니다. 이번 파티에서 탱커를 맡았습니다."

"강선하라고 합니다."

딱딱한 자기소개가 이어졌다. 모두가 통성명을 한 뒤에는 각자 헌터 등록증을 내밀면서 등록증을 확인했다. 우현은 김연철과 황주원의 등록증을 받고서 그들의 얼굴과 장비를 대조했다.

'둘 다 경력이 1년이로군.'

1년 동안 헌터 일을 하면서 가진 등급이 E급과 D급. 사실 이것이 평균이다. 초기 등급 심사에서 배정받는 등급은 대부분이 I. 조금 뛰어나다고 해 봐야 G, H 등급이다. 등급 심사는 분기마다 한 번씩, 일 년에 총 네 번 있고, 네 번 모두 승급에 성공하리란 보장도 없으니 경력 1년차의 헌터는 보통 E급이나 D급이다.

"…한 달?"

황주원이 불편한 기색을 보이면서 중얼거렸다. 그는 선하와 우현의 등록증과 둘의 얼굴을 힐끗거리면서 미간을 찡그렸다.

"경력이 한 달이군요. 최초 등급 심사에서 F를 받은 겁니까?"

"아, 네."

우현이 대답했다. 그 대답에 황주원은 작게 혀를 찼다.

"등급이 낮기에 짬이라도 되는 줄 알았더니."

그는 그렇게 중얼거리면서 우현과 선하에게 등록증을 돌려주었다.

"그래도 장비는 좋네요. 이름 보니까 양산형은 아닌 것 같고… 뭡니까?"

"주문제작품입니다."

선하가 활짝 웃으며 대답했다. 그 대답에 김연철은 놀란 표정을 지었고, 황주원의 표정은 노골적인 불쾌함을 담았다.

"주문제작? 어디의?"

황주원이 꼬치꼬치 캐물었다. 그 노골적인 적의에 우현의 표정이 찌푸려졌다. 앞으로 나서려는 우현을 선하의 손이 가로막았다.

"제 검은 쿠로자쿠라에서. 제 갑옷과 우현의 검, 갑옷은 마이스터에 제작을 의뢰했습니다만. 문제될 것 있습니까?"

되묻는 말에 황주원은 미간을 찡그리고 선하를 노려보았다. 그는 낮게 헛기침을 하더니 선하에게 등록증을 돌려주었다.

"없습니다. 등급과 짬이 안 되면 장비라도 좋아야죠."

"그럼요. 둘 다 안 되니 장비로라도 커버해야 하지 않겠어요?"

선하가 웃으며 말을 받았다. 그 말에 황주원의 몸이 가늘게 떨렸다. 김연철도 장비가 그 등급의 평균에서 조금 떨어지는 감이 있었지만, 그의 장비는 그래도 관리가 잘 되어 있었다. 반면에 황주원의 장비는 척 보기에도 상당히 노쇠해 보였다.

"어찌되었든, 만나서 반갑습니다. 잘 부탁드립니다."

보다 못한 김연철이 나서서 분위기를 환기시켰다. 황주원은 혀를 차면서 발을 뒤로 빼냈고, 선하는 그런 황주원을 힐끗 보다가 김연철을 바라보았다.

"저희도 잘 부탁드립니다."

"우현씨와 선하씨는 지인인가요?"

"쭉 손을 맞춰오고 있었습니다."

선하가 대답했다. 그 대답에 김연철은 살짝 머리를 끄덕거렸다.

"그렇다면 팀워크에는 저희가 맞춰야겠군요."

그는 그렇게 말하면서 우현을 힐끗 보았다.

"탱커는 우현씨로 알고 있습니다만…"

"일반 몬스터 상대로 탱커는 무슨. 거, 너무 빡빡하게 하지 말고 유도리있게 합시다. 대충 보이는 몬스터 한 명씩 맡아서 잡던가, 아니면 로테이션 돌리던가. 그러면 되는 것 아뇨?"

황주원이 투덜거렸다. 우현은 그런 황주원을 불편한 표정으로 바라보았고, 우현의 시선에 황주원이 미간을 씰룩거렸다.

"내가 뭐 틀린 말 했….."

"일정은 1박 2일입니다."

선하가 나서서 황주원의 말을 끊었다.

"모집글에도 명시했지요? 저희 파티는 1박 2일 동안 23번 던전을 돌파할 겁니다. 첫날인 오늘은 입구 게이트에서 12시까지. 그 후 불침번을 돌면서 야영합니다. 그리고 다음 날은 보스 룸의 게이트까지 가고, 그곳에서 던전을 나와 정산하는 것이 일정입니다."

"1박 2일이라."

김연철이 턱을 긁적거리며 중얼거렸다. 말이 끊긴 황주원은 불만스러운 얼굴로 선하를 쏘아보았지만, 선하는 그런 황주원의 시선을 무시하고 김연철을 상대했다.

"슬레이어즈의 게시글에도 그렇게 적었고, 그것을 감수하고 파티에 지원하신 것 아닌가요?"

선하가 물었다. 그 말에 김연철은 화들짝 놀라더니 머리를 흔들었다.

"뭔가 오해하고 계시는군요. 일정에 불만은 없습니

다. 애초에 불만이 있었더라면 지원하지도 않았을 것이고."

그는 우선 한 발 물러서서 그렇게 말했다. 그의 말에 선하는 활짝 웃었다.

"그렇다면 다행이구요."

그녀는 그렇게 말하면서 황주원을 힐끗 보았다. 선하가 한 말은 사실상 불만투성이인 황주원을 견제하는 것이었다.

"다만, 조금 일정이 빡세다는 감이 없잖아 있긴 하군요. 지금 시간이 16시이기도 하고⋯ 보통 23번 던전을 돌파하는 것은, 등급이 높은 파티가 아닌 이상 평균적으로 30시간 정도 걸립니다. 게시글에는 자세한 일정이 적혀있지 않았는데, 알 수 있을까요?"

김연철이 정중히 물었다. 선하는 머리를 끄덕거리며 대답했다.

"휴식은 1시간에 10분씩 잡습니다. 8시가 되면 1시간 동안 휴식하며 준비한 식량을 취식하고, 10시가 되면 다시 출발할 생각입니다. 아까 말씀드렸듯이 12시가 되면 야영지를 잡아 불침번을 세우며 밤을 보낼 것입니다. 그리고 오전 7시에 기상, 아침을 먹고 늦어도 오전 9시에는 출발합니다."

"마지막 게이트까지 가는 것이지요?"

"도중에 문제가 생긴다면 세이브 포인트에서 귀환하도록 하겠습니다."

선하가 곧바로 대답했다. 그 대답에 김연철이 머리를 끄덕거렸다. 잠자코 있던 황주원이 나섰다.

"불침번은? 어떻게 돌릴 거요?"

"공정하게 하죠. 제비뽑기는 어때요? 2인 1조로 2시간씩 할 생각인데."

"2인 1조라. 뭐, 몬스터의 습격이 있을 수도 있으니…"

"그렇게 할 거면 미리 정합시다. 닥쳐서 정하면 괜히 불만 생기니까."

김연철이 말했다. 그 말에 선하는 머리를 끄덕거렸다. 졸지에 제비가 만들어졌다. 우선 2인 1조를 나누었다. 우현이 황주원과 조가 되었고, 선하가 김연철과 조가 되었다. 시간은 우현과 황주원이 2시, 6시. 황주원은 배정된 시간이 조금 불만인 듯 했지만, 모두가 2시간씩 나누어서 잠을 자는 것은 똑같다.

"씨발, 좀 일찍 출발하면 좋을 것을."

황주원이 낮은 목소리로 욕설을 뱉었다. 제 딴에는 자그맣게 한 것이겠지만 그의 중얼거림을 듣지 못한 사람은 아무도 없었다. 김연철이 불편한 헛기침을 흘렸지만 황주원은 그런 김연철을 향해 눈을 부라릴 뿐이었다.

"갑시다."

우현이 말했다. 본격적으로 사냥을 시작하지도 않았는데 파티원들끼리 마찰이 있어봐야 좋을 것은 없다. 물론 표출되지 않아도 서로가 불편한 것은 공유하겠지만. 우현은 입맛을 다시며 몸을 돌렸다.

"담배 좀 피고 갑시다."

23번 던전 게이트를 통과하고서 황주원이 말했다. 그는 아공간에서 담배를 꺼내더니 일회용 라이터로 불을 붙였다. 뻐끔거리며 연기를 뿜던 그는 우현과 김연철을 힐끗 보았다.

"댁들은 안피쇼?"

"안 핍니다."

우현이 대답했다.

"저도 안 핍니다."

김연철도 머리를 흔들며 말하자, 황주원은 쩝 입맛을 다시더니 느릿하게 담배를 피웠다. 선하는 팔짱을 끼고서 느긋이 담배를 피는 황주원을 바라보았다.

"고작해야 오늘 내일이지만, 그래도 같은 파티니까. 편하게 합시다. 뭐, 내가 좀 까칠한 면이 있어서 다들 마음에 들지 않으시는 것 같은데. 나 그리 나쁜 사람 아닙니다."

황주원은 꽁초를 바닥에 아무렇게나 던져 끄고서는

말했다. 그는 입술을 살짝 핥으며 셋을 쭉 훑었다.

"아까 등록증 보니까 다들 나보다 어리던데. 말 놓을 테니까, 뭐 형이라고 불러도 상관없고."

황주원은 제멋대로 그렇게 말하면서 모두의 얼굴을 훑어보았다. 말을 뱉은 황주원을 제외하고서는 다들 불편하다는 기색이었지만, 직접적으로 말을 하지는 않았다. 괜히 말을 섞고 싶지 않은 것이다.

"뭐해? 안 가?"

눈치가 없는 것인지, 일부러 무시하는 것인지. 황주원은 거들먹거리며 명령하듯이 말했다. 우현은 한숨을 삼키는 선하를 힐끗 보고서 먼저 앞으로 향했다. 황주원이 말했듯이 일반 몬스터를 상대로 탱커의 존재는 그리 필요없지만, 일단 파티의 탱커로 지정된 것은 우현이다. 길을 열어야 하는 것이다.

"근데 너희들, 무기 엄청 좋네. 얼마짜리야?"

"받은 것이라 모르겠네요."

선하가 차가운 목소리로 대답했다.

"받아? 누구한테?"

황주원이 꼬치꼬치 캐물었다. 그는 능글맞은 미소를 지으며 선하에게 슬쩍 몸을 붙였다. 그런 황주원을 향해 김연철이 미간을 찡그리며 시선을 보냈지만, 황주원은 별 신경을 쓰지 않는 듯 했다.

"그러고 보니 기초 등급 심사에서도 F를 받았었지? 햐, 쩌는 구만. 둘 다 F였지? 기초 등급 심사에서 받을 수 있는 최고 등급이잖아. 아, 너희들 장비가 그거야? 협회에서 지원해주는 거."

"네."

선하가 귀찮다는 듯이 대충 대답했다. 그 대답에 황주원은 머리를 옆으로 돌리고서는 퉤 침을 뱉었다.

"니미, 씨발. 누구는 I등급 받고서 지원금도 못 받았는데. F급 받는 꿈나무들한테는 저런 장비도 지원해주는 구만."

황주원이 불만을 터트렸지만, 다른 셋 중 누구도 그의 말에 호응하지 않았다. 김연철은 상대를 포기하고서 걸음을 빨리 했고, 선하 역시 마찬가지였다. 우현은 부글거리면서 끓는 속을 진정시켰다. 같은 파티원만 아니었어도 닥치라고 내뱉었을 텐데. 괜히 화를 내서 파티의 분위기를 망치고 싶지 않았다.

"전방에 켄타우로스 넷."

우현이 몸을 낮췄다. 그의 말이 끝남과 동시에 다들 몸을 낮췄다. 황주원 역시 불만을 터트리면서도 행동은 확실히 했다. 우현은 시선만 들어 놈들을 살폈다. 켄타우로스들은 아직 이쪽을 포착하지 못했다.

"제가 먼저 나가겠습니다. 먼저 시선을 끌고 놈들이

덤벼들도록 유도할 테니, 다들 타이밍을 맞춰서 나와 주세요."

우현이 빠르게 말했다. 김연철이 머리를 끄덕거렸다.

"일점사? 아니면 나눠서?"

선하가 소곤거렸다. 우현은 머리를 흔들었다.

"나눠서. 그 편이 더 빠를 거야. 각자 켄타우로스 한 마리씩 맡는 것인데, 괜찮겠습니까?"

"문제없습니다."

김연철이 머리를 끄덕거리며 대답했다. 던전의 평균 등급은 D. 하지만 그렇다고 해서 몬스터 한 마리를 상대하는 것에 큰 무리가 있는 것은 아니다. 김연철의 대답에 우현이 머리를 끄덕거렸다.

"먼저 끝난 쪽은 다른 쪽을 지원해 주십시오. 그러면, 나갑니다."

대답을 굳이 기다리지 않고서 우현이 땅을 박찼다. 네 마리, 사실 우현 혼자로도 충분하다. 장비를 바꾸지 않았을 때에도 켄타우로스 네 마리 정도는 혼자서 잡을 수 있었다. 하지만 지금은 혼자가 아니다. 기껏 파티를 맺었다면, 파티를 이용해야 한다.

우현이 돌발적으로 달려 나오자 한가로이 서있던 켄타우로스들이 확하고 우현을 돌아 보았다. 놈들이 빠르게 무어라 이야기를 주고받는 것이 들렸다. 네 마리가 산개하여 우현을 향해 덤벼들었다. 우현은 그 중 가장 가까운 놈을 향해 몸을 낮추고 돌진했다.

발을 앞으로 뻗을수록 몸이 쭉쭉 나아간다. 투기로 강화한 육체는 인간의 한계를 뛰어넘는다. 땅을 박찼다. 높이 도약해서 몸을 비틀어 돌렸다. 쥐고 있던 파브니르가 시뻘건 열기를 품었다.

'우선 하나.'

할당량부터 채운다. 우현이 노린 켄타우로스는 창을 들고 있는 놈이었다. 놈이 창을 곧추 세우며 우현을 찌르려 들었다. 맞지 않는다. 빙글 돌린 우현의 몸에 창은 닿지 않았다.

싸악!

내리 그은 검이 켄타우로스의 목을 베어냈다. 열기로 지져져서 피가 뿜어지지 않은 시체가 앞으로 넘어졌다. 우현은 가볍게 착지하고서 몸을 돌렸다.

우현이 켄타우로스를 하나 잡는 동안, 대기하고 있던 파티원들은 빠르게 행동에 나섰다. 선하가 먼저 움직였다. 그녀는 다른 쪽에서 달려드는 켄타우로스의 앞으로 튀어나갔다.

철컥.

등 뒤의 벨트에서 빠져나온 쿠모고로시가 검은 호선을 그렸다. 그녀는 자세를 한층 더 낮춰서, 마치 땅을 기는 것처럼 앞으로 전진했다. 양 손으로 잡은 쿠모고로시가 횡으로 눕혀졌다. 다그닥거리는 말발굽소리, 튀어오르는 흙과 자갈. 거리가 좁혀졌을 때,

그녀는 검을 크게 휘둘렀다.

싸아악!

일격에 방어벽과 함께 켄타우로스의 두 다리가 베여졌다. 놈의 몸이 크게 위로 튀어오르고 앞으로 엎어졌다. 선하는 땅에 쓰러져 발버둥치는 놈의 목을 베어냈다.

"흡!"

꽈앙!

김연철이 크게 휘두른 해머가 켄타우로스의 전진을 가로막았다. 장비가 장비인 탓에, 그는 일격에 켄타우로스의 몸을 박살내지는 못했다. 하지만 전진을 막게 하기에는 충분했다. 애초에 힘이 좋기도 했고, 무기에 투기를 돌리는 대신에 육체 강화 쪽에 투기를 집중시킨 탓이었다. 이마와 목에 굵은 핏줄이 돋아났다. 전진이 가로막힌 켄타우로스가 고함을 지르며 곤봉을 휘둘렀다. 그는 해머의 막대를 고쳐 잡고서 발로 땅을 박차 거리를 벌렸다.

부웅!

크게 휘두른 곤봉이 김연철의 몸을 아슬하게 스쳤다.

공격으로 인해 놈의 몸이 비틀린 순간, 김연철의 공

격이 다시 들어갔다. 그는 두 다리에 힘을 주고 허리를 비틀었다.

쿠웅!

묵직한 일격이 켄타우로스의 몸을 휘청거리게 만들었다. 손맛을 느꼈다. 방어벽이 박살났다. 충격을 받은 놈이 몸을 추스르기도 전에, 김연철은 발을 크게 앞으로 뻗었다. 거리를 좁히고, 막대를 고쳐 잡고. 짧게 휘두른 공격이 켄타우로스의 몸을 갈겼다.

"씨발."

황주원은 욕설을 뱉으면서 몸을 움직였다.

쿠웅!

떨어진 대검이 땅에 박혔다. 그는 곧바로 몸을 회전하며 메이스를 휘둘렀다.

투웅!

휘두른 메이스가 방어벽에 튕겨 위로 솟구쳤다. 황주원은 입술을 씹으며 재차 공격에 나섰다.

퉁! 투퉁!

빠르게 휘두른 메이스가 방어벽을 두들겼다. 그러는 와중에 그는 빠르게 시선을 돌려 다른 이들을 살폈다. 우현과 선하가 막 켄타우로스를 쓰러트렸고, 김연철 역시 해머를 휘두르면서 켄타우로스를 압박하고 있었다. 피를 토하며 비틀거리는 켄타우로스의 모습을 보니 곧

끝날 것 같았다.

"씨발, 무기만 좋았어도."

써먹을 수 없을 정도로 노후한 놈을 고른 것이 잘못이었다. 사설 토토만 안 했어도… 씨발, 그때 땄으면 이깟 무기 안 쓰는 건데. 황주원은 까득 이를 갈았다.

'무기빨 오지네, 씨벌.'

F급 헌터인데. 짬도 안 되고, 등급도 안 되고. 그런데 무기만 좋잖아, 존나 아깝게. 그는 부글부글 끓는 속을 삭히면서 재차 공격했다.

콰직!

드디어 방어벽이 뚫렸다. 동시에, 어떤 파편이 위로 솟구쳤다. 노후한 메이스가 연이은 공격에 손상된 것이다.

'씨발, 뭐 어때.'

그는 입술을 꾹 다물고 몸을 낮췄다. 퍼억! 휘두른 메이스가 켄타우로스의 관절을 박살냈다. 비틀거리며 앞으로 넘어지는 놈의 머리로 황주원은 미친 듯이 메이스를 내리 찍었다. 콰직! 몇 번이고 휘두른 메이스가 켄타우로스의 머리를 박살냈다.

"후우!"

그는 숨을 몰아 뱉으며 흐뭇한 얼굴로 켄타우로스의 시체를 내려 보았다. 장비가 아무리 나빠도, D급 헌터는 D급 헌터지. 그는 내심 뿌듯하게 생각하면서 메이스에

묻은 피를 털어냈다. 사체를 수습하려 우현이 다가왔다.

"무기빨 쩔더라?"

황주원이 이죽거렸다. 우현은 그 말에 슬쩍 황주원을 바라보았다.

"예."

그는 무뚝뚝한 얼굴로 대답하고서는 황주원이 쓰러트린 켄타우로스의 사체를 아공간에 집어넣었다.

"정산은 네가 하는 거야?"

"탱커니까요."

"탱커는 씨발… 별 좆도 없는 감투인데. 정산금 더 처먹으려고 저 여자랑 짠 거냐?"

"…뭐요?"

싸늘하게 식은 시선이 황주원에게 돌아갔다. 그 시선에 황주원은 움찔하면서도 물러서지는 않았다.

"일반 파티에 탱커가 뭐가 필요해. 탱커는 정산금 더 받아먹지? 그거 욕심내는 거냐?"

"탱커 없이 파티 짜는 건 불법입니다."

"씨발, 말은… 장비도 좋으면서 정산 몇 퍼센트 더 처먹자고 그 지랄하냐. 게시글 올린건 저 여자잖아. 같이 짠 거 아냐?"

"지랄, 나이는 헛으로 처먹었나."

우현이 짜증스레 내뱉었다. 그 말에 황주원의 눈이

부릅 떠졌다.

"뭐 새끼야?"

황주원이 거친 목소리로 내뱉었다. 우현은 그런 황주원을 무시하고 몸을 돌렸다.

"적당히 징징거리고 할 일이나 제대로 합시다. 꼬우면 파티 나가던가, 씨발. 게이트도 존나 가까우니까 돌아가기 편하겠네. 댁이 잡은 몬스터는 돌려 줄 테니까, 이거 팔아서 소주나 까드시던가 하쇼. 괜히 아가리 털면서 분위기 흐리지 말고."

내뱉는 말에 황주원의 몸이 부들거리며 떨렸다.

"너, 너 이 새끼…! 지금 뭐라고…!"

머리에 피가 확 올라왔다. 상대에 대한 존중, 느끼는 불편함에 대한 이해. 그래서 닥치고 가만히 말을 들어 주니 끝이 없어. 그러다 보니 욱하게 되고, 과하게 대해 버려. 우현은 혀를 차면서 황주원을 노려보았다. 욕설을 들은 황주원은 얼굴을 벌겋게 물들이고서 몸을 부들거리며 떨고 있었다.

"무슨 일이에요?"

이쪽의 마찰을 포착하고서 선하와 김연철이 다가왔다. 황주원은 거친 숨을 내뱉으며 우현을 노려보았고, 우현은 그런 황주원의 시선에 굳이 화답하지 않았다.

그는 혀를 차면서 몸을 돌렸다. 그는 다가오는 선하를 향해 매서운 시선을 보냈다. 우현의 시선에 선하의 몸이 움찔 떨렸다.

"얘기 좀 해."

우현은 성큼거리는 걸음으로 선하에게 다가갔다.

"뭐, 뭐?"

선하가 당황한 소리를 냈다. 선하가 제대로 대답하는 것을 기다리지 않았다. 우현은 선하의 손목을 낚아채고서 앞으로 걸었다.

"잠깐…! 대체 무슨 일인데…?!"

"일단 와."

우현은 딱딱하게 굳은 목소리로 대답했다. 수풀을 헤치면서도 우현은 몬스터의 습격에 대비했다. 아직은 안전하다. 우현은 적당히 거리가 떨어지고 나서 선하의 손을 놓았다. 선하는 이해할 수 없다는 표정으로 우현을 바라보았다.

"바바론가 레이드는 포기해."

우현이 내뱉었다. 그 말에 선하의 눈이 크게 떠졌다.

"…뭐?"

선하가 멍한 소리를 냈다. 바바론가를 레이드하기 위해 파티를 모았는데, 갑자기 포기하라니? 우현은 크게 숨을 뱉고서 차근차근 선하에게 설명했다.

"던전에서는 믿을 수 있는 헌터와 파티를 맺을 것. 네가 나에게 강조했던 거야. 안 그래?"

"그거랑 무슨 상관…."

"상관없다고 생각해?"

선하의 머뭇거리는 대답에 우현은 뒤늦게 깨달았다. 선하가 헌터로 각성한 것은 일 년 전이라고 했다. 그녀는 그 일 년 동안 정식으로 헌터의 자격은 얻지 않고, 집에서 홀로 헌터가 될 준비를 해왔었다. 투기를 단련하고, 체력을 단련하고, 무기에 익숙해지고. 그렇게 일 년을 준비한 선하는, 분명 등급에 맞지 않을 정도로 실력이 뛰어나고, 어느 정도의 노련미도 갖추고 있다.

그 뿐이다. 선하의 일 년은 선하만의 일 년이었다. 그녀는 뛰어난 헌터가 될 준비를 했지만, 헌터로서의 경험은 결코 많지 않다. 고작해야 이론 정도일 뿐, 경험은 일천하다.

그러다 보니 문제가 생긴다. 우현은 지끈거리는 관자놀이를 손으로 꾹 눌렀다.

"김연철씨는 문제없어. 실력도 그 정도면 되었고, 장비도 좋은 편은 아니지만 그렇다고 심하게 나쁜 편도 아니야. 그리고, 그런 것 다 떠나서 김연철씨는 우리에게 협력하고 있어. 자신의 역할에 충실하고, 불필요한 이야기는 하지 않아. 자신의 의견은 숨기지 않지만 파티에 보탬이 되려 하고 있어."

"…응."

선하는 결코 멍청하지 않았다. 그녀는 우현이 하는
말을 듣고서, 그가 무엇을 말하려는 것인지를 깨달았
다. 그녀의 시선이 불안을 담아 아래로 내려갔다.

"하지만 황주원, 저 새끼는 아니야. 장비가 나쁜 것?
실력이 떨어지는 것? 괜찮아. 어차피 탱킹하는 것은 나
야. 탱커만 제대로 되면 딜러가 머저리 등신이 아닌 이
상 파티가 전멸하는 일은 없어."

이것은 정우현이 해서는 안 되는 말이다.

"파티를 전멸로 이끄는 것은 탱커가 병신일 때. 그리고
파티가 병신일 때야. 서로가 서로를 믿지 않는 것. 모두
의 불신? 아니, 한 명의 불신과 불만으로도 파티는 전멸
로 이어져. 상대하는 몬스터가 강하면 강할수록 그렇지.
황주원은 우리를 믿지 않아. 나도 황주원을 믿지 않아."

그럼에도 우현은 말했다. 그는 선하를 노려 보았고,
선하는 우현의 시선과 말에 아무런 반박도 하지 못하고
시선을 아래로 내렸다.

"…그 새끼는 독이야. 파티에 둬서는 안 돼. 미꾸라지
한 마리가 강물을 흐리는 것처럼, 저 새끼의 존재는 파
티를 삐걱거리게 만들어."

"…하지만…"

"내 말 아직 안 끝났어."

날카로운 시선이 선하에게 꽂혔다. 그녀는 흠칫 놀라 어깨를 움츠렸다. 평소와는 달라. 그녀는 그것을 확실하게 느꼈다. 물론 선하는 '평소'라고 말할 정도로 우현에 대해 잘 알지 못한다. 하지만, 그녀가 겪은 우현은 지금 그녀의 앞에 있던 우현과 달랐다. 그녀가 알던 우현은….

어땠지?

"일반 사냥 파티도 아니야. 바바론가를 레이드할 생각으로 모은 파티잖아. 물론 파티 모집 글을 올리면서 바바론가를 잡겠다고 쓰지는 않았겠지."

어느 정도 짐작할 수 있었다. 파티를 이끌고 던전을 돌파하다가, 바바론가의 출현 장소에 닿아서 우연을 가장해 바바론가를 잡는 것. 일단 표면상 선하가 모집한 파티는 던전의 몬스터를 사냥하는 일반 파티다.

"그리고 우리 등급이 너무 낮으니까, 제대로 된 놈이라면 들어오려고 하지 않았을 거야. 그러니 더더욱 우리 쪽에서 걸렀어야 해. 놈들은 우리를 좆밥으로 여겨도, 우리가 들어오려는 놈들을 걸렀어야 한다고. 무슨 말인지 알아? 당장 바바론가가 출현하는 것이 내일이라며. 그런데 왜 오늘 파티원과 처음 만난 거야? 왜 처음 만나자마자 바로 바바론가를 잡겠답시고 나서는 건데. 적어도 며칠 전에는 만났어야 했고, 던전에서 가볍게 손이라도 맞춰봐야 했어. 거기서 좆같으면 빼고, 다른 사람 모집하고. 그랬어야 했다고."

정식으로 파티를 모집하는 것은 선하로서는 처음이었다. 그러니 실수했다. 생각하지 못한 것이다. 정확히 말하자면, 그녀는 자신의 힘을 너무 과신했다. 최상급에 가까운 장비를 착용하고, 실력 자체도 월등하다. 이 정도 실력이라면 머릿수만 채워도 바바론가를 잡을 수 있을 것이라 생각했다.

"…그러면… 어떡해."

선하가 작은 목소리로 웅얼거렸다. 힘없이 위축된 목소리였다. 우현은 답답한 한숨을 내쉬면서 머리를 벅벅 긁었다. 이 몸으로는 한 번도 피지 않았던 담배가 절실했다.

"말했잖아. 바바론가는 포기해. 지금 파티로는 안 돼."

"…그럴 수는 없어."

선하가 시선을 들었다. 몰아세웠던 말에 조금 젖어있던 눈이지만, 강한 고집이 어려 있었다. 아니, 고집이라기보다는. 절실함이었다. 우현은 그녀의 눈을 이해할 수가 없었다.

"고집부리지 마. 지금 파티로 바바론가 잡겠다고 나섰다가는…."

"황주원은 빼겠어. 셋으로 하면 되잖아. 너와 내 장비는 최상위 던전에서도 쓸 수 있는 물건이야. 너는 마석도 흡수했고, 나도 실력만 보면 C급 정도는 돼. 장비도 있으니 그 이상까지 갈 지도 모르고. 그러니까, 할 수 있어.”

“…대체 왜 고집을 부리는 거야?”

“탱커를 하겠다고 했던 것은 너야. 바바론가를 잡을 수 있다고 했던 것도 너야. 그러는 너야말로 왜 말이 바뀌는 건데…!”

선하가 낮은 목소리로 외쳤다. 우현은 쯧하고 혀를 찼다.

“그건 믿을 수 있는 파티. 한 사람 몫은 할 수 있는 헌터로 네 명이었을 때의 이야기야. 셋은 위험 부담이 너무 커. 대체 왜 바바론가를 고집하는 거야? 애초에 우리 등급에도 맞지 않는 던전이야. 어차피 네임드 몬스터의 출현 패턴은 알고 있잖아.”

“…바바론가를 잡아야 해.”

선하가 까득 이를 갈았다.

“네임드 몬스터를 세 마리 잡는다면, 분기별 등급 심사에 관계없이 헌터 등급을 올릴 수 있어. 오르는 등급은 쓰러트리는 네임드 몬스터에 따라 다르지만… 베드로사에 이어 바바론가까지 잡는다면, 못해도 D등급까지의 승급은 따논 당상이야. 그러니까….”

그런 이야기는 처음 들었다. 네임드 몬스터를 세 마리 잡으면 등급 심사와 관계없이 등급이 오른다. 하위 등급의 헌터가 높은 등급의 네임드 몬스터를 잡는다면 분명 승급 점수에 반영되리라. 파티가 부실하다면 더더욱 받는 점수가 높겠지.

하지만 위험하다.

"…서두르는 이유가 뭐야?"

우현은 기세를 한 풀 꺾고서 물었다. 그 물음에 선하는 입술을 꾹 다물었다. 그녀의 주먹이 바들거리며 떨렸다.

"…아빠의 길드를 재건해야 해."

선하가 중얼거렸다. 또, 아버지인가. 우현은 입술을 다물었다.

이전부터 느꼈던 것이지만, 선하는 죽은 아버지의 길드였던 '제네시스'에 과하게 집착하고 있었다. 몬스터에게 전멸하는 길드는 그리 드문 것도 아닌데. 아버지의 유지를 잇겠다는 것에 간섭하고 싶지 않지만… 저렇게까지 필사적으로. 또 무리하면서까지 해야 하는 이유가 무엇일까. 괜히 죽는다면 본전도 거둘 수 없을 텐데.

"…그게 서두르는 이유야?"

"…내가 가만히 있는 동안, 그들은 더 멀리, 높이 가버려. 내가 쫓을 수 없을 정도로… 지금도 쫓기 힘들어. 그러니까… 나는 더 노력해야 돼. 더 열심히 해야 된다고. 쉴 틈은 없어. 기회가 있으면 무조건 기회를 잡아야 해. 무리해서라도…."

무슨 말인지 알 수가 없었다. 선하가 말하는 '그들'
이 대체 무엇인지.

"그게 누군데?"

우현은 조용히 물었다. 그 물음에 선하는 흠칫 놀라 입
을 다물었다. 우현은 그런 선하의 반응에 짜증을 느꼈다.

"제대로 말도 안 해놓고 고집을 부리는 거야? 그딴 식
이면 때려 쳐. 네가 나에게 준 마석은 어떻게 해서든 변
상할 테니까. 네 고집스러운 소꿉장난은 너 혼자서 해."

"소꿉장난이 아니야!"

선하가 고함을 질렀다. 흠칫 놀란 우현은 손을 뻗어
선하의 입을 틀어막았다. 이어 터지려던 외침이 우현의
손에 가로막혔다.

"큰 소리 내지 마. 몬스터 튀어나오면 귀찮으니까."

우현은 짜증을 담아 내뱉었다.

"내가 하는 말이 기분 나빠? 나도 알아. 기분 나쁘라
고 한 말이니까. 내가 널 이렇게 대하는 것이 싫으면 나
한테 제대로 설명해. 너는 나를 믿겠다고 말하며 마석
을 줬어. 그리고 나한테 무기도, 갑옷도 줬지. 그래, 나
도 너를 믿어. 도움을 받은 만큼 널 돕고 싶고. 네 뒤통
수를 갈길 생각일랑 없어. 그러니까, 말해. 도대체 뭐
야? 네가 말하는 '그들'은 뭐고, 네가 왜 그들을 쫓겠다

는 건데?"

우현은 낮은 목소리로 물었다. 그 물음에 선하는 머
뭇거리다가 머리를 숙였다. 말해도 되는 걸까. 잠시 동
안, 선하는 그런 고민을 했다. 믿을 수 있는 사람, 서로
에 대한 신뢰. 우선해서 생각한 것은 그것이었고, 대답
은 보류였다. 선하는 우현에 대해 알지 못한다. 알되,
아는 것이 너무 적다. 당장 우현이 보인 모습만 해도 선
하에게는 낯설었다.

"…럭키 카운터."

그럼에도 선하는 말했다. 자기 자신이 생각해도 그녀
가 둔 목적은 터무니없는 것이었다. 굳이 말한다고 해
서 문제가 생기는 것도 아니다. 굳이 비밀로 둘 이유가
없는 것이다.

"…럭키 카운터? 미국의?"

몇 번이고 들었던 이름이었다. 현재 세계에서 가장
강한 길드. 또, 가장 뛰어난 길드. 우현은 아까 전 선하
가 했던 말을 떠올렸다. 쫓기 힘들다. 그렇다는 것은 쫓
아야 한다는 것. 럭키 카운터를? 왜?

"…제네시스가 전멸했을 때, 그 레이드를 주관했던
것은 럭키 카운터였어."

"럭키 카운터가 관여했다는 거야?"

구질구질한 음모론이다. 아니면 단순히, 죽은 아버지

에 대한 복수심이 비틀린 것인가.

"웃기는 이유라고 생각해?"

선하가 조용히 물었다. 우현은 대답하지 않았다. 반응도 보이지 않았다. 그저 입을 다물고, 선하를 보았다. 선하는 그 무덤덤한 시선에 머리를 숙였다.

"…럭키 카운터는 43번 던전의 보스 몬스터 레이드를 성공함으로서 세계 제일의 길드가 되었지. 그 레이드에는 당시 럭키 카운터를 견제할 수 있을만한 힘을 가지고 있던 대형 길드의 뛰어난 헌터들도 대거 참가했었어. 그리고 그들 모두가 죽었지. 제네시스도 그렇고."

"그들이 죽으면서 럭키 카운터가 세계 제일이 되었다. 그래서 그 죽음을 럭키 카운터가 의도했다고 생각하는 거야? 증거는?"

"증거도 없이 몰아세우는 건 아냐. 증거는 있어."

선하가 내뱉었다.

"…아빠의 원수야. 제네시스 모두의 원수야. …가만히 있을 수 있을 리가 없잖아. 기껏 헌터가 되었는데…."

그래서 제네시스를 재건하겠다고 한 건가. 우현은 입술을 다물고 선하를 바라보았다. 제네시스를 재건한다면? 그 다음은 어떻게 할 생각인 걸까. 아무리 뛰어나다고 해 봐야 세계 제일의 헌터 길드라는 럭키 카운터에 비교할 급은 아니다. 여기서 사람 몇 명을 더 모아 제네시스라는 이름의 길드를 다시 만들어봤자, 최상위 헌터들로 이루어졌던 과거의 제네시스와 똑같은 것도 아니다.

선하가 상대하려는 적은 너무 크다. 그녀가 결코 넘을 수 없을 정도로 크고, 강하다. 우현은 한숨을 쉬었다.

"...빌어먹을."

낮은 욕설을 뱉었다. 어깨를 움츠린 선하가 작게 보였다. 작은 선하가 누군가와 닮은 것처럼 느껴졌다.

그녀는 우현과 닮아 있었다.

나와 닮았다.

우선해서 느낀 것은 그것이었다. 얕은 동질감이었다. 우현은 머리를 숙인 선하를 바라보았다.

처음 선하와 만났을 때를 떠올렸다. 이 몸으로 헌터가 되고 나서, 처음으로 들어갔던 1번 던전. 작은 우연으로 우현은 선하와 같은 조가 되었다. 그곳에서 만난 최하급의 일반 몬스터는, 고작 몇 주 전이었지만 당시의 우현으로서는 고전이 당연한 상대였다. 공격력이 거의 없는 무기. 너무 얕은 투기.

땀을 뻘뻘 흘리면서 간신히 몬스터를 잡았다. 그런 우현과는 달리, 선하는 거의 땀을 흘리지 않았다. 그 모습에 내심 감탄했었다. 과거의 경험을 가진 자신과는 다르다. 그때의 우현은, 선하를 천재라고 생각했다.

그것이 일 년의 노력이 있었기에 가능한 일이라는 것을 알았을 때에도, 선하에 대한 감상은 크게 변하지 않았다. 오히려 더욱 그녀를 천재라고 생각했다. 몬스터와 싸우지도 않고 혼자 단련하는 것으로 저만한 실력을 가졌다는 것에 감탄했다.

단 둘이서 밤의 던전을 돌파할 때. 베드로사를 잡을 때. 처음으로 잡는 네임드 몬스터일텐데, 선하는 우현으로서도 큰 문제를 느끼지 못할 정도로 능숙하게 대처했다. 없는 경험을 노력과 이론으로 커버한다는 느낌이었다. 선하가 마석을 주면서 거래를 말할 때에, 내심 생각했었다.

이 정도라면 파트너로 삼아도 괜찮겠다고.

"…너는 뭘 하고 싶은 거야?"

조용히 물었다. 미국의 럭키 카운터는 선하에게 있어서 원수다. 그래서, 원수라는 것을 알아서. 그녀는 구체적으로 무엇을 하고 싶다는 것일까. 제네시스를 재건하고, 제네시스를 성장시키고. 만약에 선하의 길드가 럭키 카운터에 비벼 볼 정도로 성장한다면? 그 다음에, 선하는 무엇을 하고 싶은 걸까.

"복수? 어떤 복수를 하고 싶은 건데. 제네시스가 당했던 것처럼 럭키 카운터를 몰살이라도 시킬 거야?"

"…그건…."

선하는 머뭇거리며 대답하지 못했다. 이해했다. 우현은 비밀이 많던 강선하에 대해서 확실히 알게 된 기분이었다. 크기만 할 뿐 텅 비었던 그녀의 집을 떠올렸다. 첫 대면에 약간 거리를 두던 그녀의 모습을 떠올렸다.

단순히 몰두할 것이 필요했던 것일지도 모른다. 아버지의 원수라는 럭키 카운터는, 가족을 잃고 무언가 망가져버린 선하에게 있어서 유일한 목적이 되었다. 헌터로서의 각성은 그런 그녀를 더욱 떠밀었던 것이다.

조급함에 무리하고, 무지하고. 우현은 묵묵히 선하의 얼굴을 바라보았다. 럭키 카운터라는 대적을 두고서 조급해하는 선하는 분명 우현과 닮아 있었다. 하지만 그렇다고 해서 그것이 우현을 움직이게 하는 이유는 되지 못했다.

이유 없는 무덤은 없다. 선하가 나름의 속사정이 있는 것처럼, 우현 역시 사정이 있었다. 선하처럼 쉽게 밝힐 수 없는 사정이.

"…뭐, 상관없지. 네가 뭘 하고 싶어 하는지는 내 알 바 아니니까."

우현은 그렇게 중얼거리면서 입고있는 갑옷을 내려 보았다. 라크로시아의 갑옷. 손에 쥔 것은 파브니르. 모두가 지금의 우현으로서는 꿈도 꿀 수 없는 최고급 장비였다. 우현은 나름대로 머릿속으로 저울을 재 보았다.

선하가 바바론가를 지금 잡아야 한다 말하는 이유는 빠르게 승급하기 위해서다. 네임드 몬스터를 세 마리 잡으면 헌터에 건의하여 승급할 수 있다. 베드로사를 잡은 것으로 하나. 바바론가를 잡은 것으로 둘. 이후에 네임드 몬스터를 하나만 더 잡으면 승급이 가능하다.

당장 이 파티가 삐걱거리는 것은 선하의 준비가 부족했던 탓도 있지만, 정확히 말하자면 우현과 선하의 등급이 너무 낮기 때문이다. F. 초기 등급 심사에서 받을 수 있는 최고 등급, 한국 최초. 화려한 수식어를 붙이고 있지만, 그것은 어디까지나 '가능성이 있는 루키'라는 것이지 등급 자체가 뛰어난 헌터의 증명은 되지 않는다.

등급을 높이면 더 높은 던전으로 갈 수 있다. 파티를 구하는 것에도 오늘 같은 문제는 줄어든다. 할 수 있는 일이 넓어진다.

하지만 리스크가 너무 커. 우현은 턱을 어루만졌다. 승급하고 싶은 마음은 우현도 있었다. 오히려 조급해야 하는 것은 선하가 아닌 우현이다. 언제고 판데모니엄의 마지막 던전, 판도라가 열릴지 모르는 일이다.

헌터는 데루가 마키나를 감당할 수 없다. SS급 헌터라는 나래의 길드 마스터의 바바론가 사냥 영상을 보고서 우현은 그를 확신했다. 호정의 세상의 헌터들이 데루가 마키나를 감당하지 못했듯, 이 세상의 헌터들 역시 데루가 마키나를 감당할 수 없다.

세상은 아직 괴물과 싸울 준비가 되지 않았다.

"…좋아."

우현은 결정을 내렸다.

"파티의 지휘는 내가 할게. 어떻게 움직일지, 몬스터의 대처는 어떻게 할지. 바바론가를 잡을 때에도 마찬가지야."

여기까지는 문제없다. 애초에 파티의 탱커는 우현이었다. 파티를 지휘하는 것은 탱커의 몫이다.

"하지만 황주원은 뺀다. 파티는 셋이서 할 거야. 나, 김연철씨, 너. 솔직히 말해서 리스크가 커. 그것을 부담해야 하는 것은 탱커인 나고."

우현은 담담한 어조로 말했다. 넷이 셋이 되는 것. 한 명이 빠진다는 것은 몬스터를 죽일 공격이 한 명 분 덜 들어간다는 것이고, 당연히 몬스터를 잡는 시간은 더 오래 걸린다. 그것을 부담해야 하는 것은 탱커인 우현이다.

"너에게 어울려주는 것은 반 년. 애초의 약속이 그것이었지? 반 년… 좋아. 반 년 동안도 협력할게. 하지만 리스크를 감수하는 것은 이쪽이야. 이번에 목숨을 거는 것도 내 쪽이고."

파티에서 사망자가 발생한다면. 딜러 쪽에서 치명적

인 실수를 벌이지 않는 한, 가장 먼저 죽는 것은 탱커다. 딜러는 어떻게 해서든 도망칠 수 있다. 하지만 탱커는 아니다.

"기브앤테이크로 하자."

우현이 입을 열었다. 그 말에 선하는 흠칫 놀라 우현을 올려 보았다.

"이 장비, 빌려주기로 한 거였지. 목숨에 값을 매기는 것은 조금 그렇지만, 목숨을 건 값은 이걸로 퉁 치지. 네가 그렇게 한다면 나도 더 이상 불만을 말하지 않겠어."

"…뭐?"

선하가 당황한 표정을 지었다. 우현은 그런 선하의 표정변화를 놓치지 않았다. 그녀는 여러 가지로 무리하고 있을 뿐이다. 헌터로서의 경험은 일천하다. 아니, 정확히 말하자면 그녀는 이런 식의 거래라는 것에 경험이 없다.

어설픈 것이 당연하다. 그 어설픔을 자신의 무리로 어떻게 해서든 메우려 들 뿐.

이런 경험은 우현 쪽이 선하보다 압도적으로 우위에 있다.

"잠깐…! 그건 바바론가 레이드와 아무 상관없잖아…! 애초에 마석을 주는 것으로…"

"물론 그렇지. 거래가 불만이라면 하지 않아도 돼. 나는 그럴 경우, 이 장비를 깨끗이 반납하고 마석의 값을 변상할 테니까."

선하의 뺨이 바르르 떨렸다.

"하지만 그러면 네 쪽이 곤란하지 않아? 바바론가를 놓치고 싶지 않잖아. 이번 네임드를 놓치면 다음 네임드는 언제지? 승급이 뒤로 미뤄지는 것이잖아. 그래도 괜찮아?"

괜찮지 않다. 선하는 입술을 꾹 다물었다. 다음 등급 심사까지 네임드 몬스터를 6마리 잡을 예정이었다. 그렇게 등급을 최대한 올려두고, 등급 심사에서 다시 승급을 할 생각이었는데. 오늘 바바론가를 잡지 못한다면 그 일정이 꼬인다. 지금 와서 새로운 탱커를 구할 수는 없다. 우현을 빼고 김연철과 단 둘이서? 아니면 황주원에게 탱커를 맡길까. 아니, 무리다. 황주원은 장비도 장비지만 믿을 수 없다.

그렇다면 우현은 믿을 수 있나.

선하의 매서운 시선에 우현은 가느다란 미소를 지었다. 언제고 몰아붙이지는 않는다. 이쯤에서 적당히 뒤로 빼서, 선하에게 익숙한 모습을 보이는 편이 좋으리라.

"너무 그렇게 쳐다보지 마. 나도 나름대로 리스크를 짊어지고 있는 거잖아. 네가 거래를 받아들인다면, 나는 네게 최대한 협력할 거야. 네임드 몬스터의 사냥도 적극적으로 도울 것이고, 파티를 구하는 것에도 너를 서포트할게."

"…너랑 나랑 다를 것 없잖아. 내가 헌터에 익숙하지 않은 것처럼, 너도…."

"아니, 달라."

우현은 머리를 흔들었다.

"네 말대로 나 역시 헌터가 된 지는 얼마 되지 않았어. 헌터로서의 실력도, 뭐. 그리 믿음직스럽지 않겠지. 우리 둘은 경험이 부족해. 그러니 머리를 맞대야지."

호정의 일은 이야기할 수 없다.

"앞으로 이런 일이 없도록 서로 생각하자. 오늘 일은 어쩔 수 없으니까."

우현은 선하를 향해 환히 웃어주었다. 그 웃음에 선하는 머뭇거리다가 시선을 내리 깔았다. 그녀에게 선택의 여지는 없었다. 연이은 승급을 위해서라면 오늘 반드시 바바론가를 잡아야만 한다. 선하는 어쩔 수 없이 머리를 끄덕거렸다. 우현은 그런 선하의 대답에 씩 웃었다.

"좋아. 이만 돌아가자. 황주원에게는 내가 이야기할게. 너는 아무런 말도 하지 마."

이걸로 됐다. 선하가 '빌려주는 것'이라고 강조했던 장비는 확실히 우현의 것이 되었다. 선하는 복잡한 기분이 되어 우현의 뒤를 따랐다. 놀라난 기분이었다. 하지만 그녀가 선택할 수 있었던 것은 결국 이것뿐이었다. 이제 와서 파티를 새로 구하는 것은 불가. 하지만 바바론가는 반드시 잡아야 하는 것. 선하는 아랫입술을 잘근 씹으며 우현의 뒤를 보았다.

'…하지만.'

당황 속에서도 선하는 확실히 생각했다. 지금의 파티로 바바론가를 잡는 것은 무리가 있다. 그녀는 자신이 실수했음을 인정했다. 우현의 말대로, 파티원의 선별에 조금 더 주의를 기울여야만 했다.

'나를 너무 과신한거야.'

꾸욱. 선하는 주먹을 쥐었다. 조급함에 뿌옇게 변했던 정신이 싸늘하게 식었다. 바바론가는 반드시 잡아야 하는 것이지만, 지금의 파티원으로 바바론가를 잡는 것의 성공유무는

전적으로 우현에게 달려있다.

"황주원씨."

김연철과 황주원이 있던 곳으로 돌아 온 우현은 조용한 목소리로 황주원을 불렀다. 황주원은 건들거리는 자

세로 서서 담배를 피우고 있었다. 그런 황주원을 보는 우현의 눈썹이 씰룩거렸다. 담배의 냄새는 제법 멀리 퍼지고, 그 냄새는 몬스터의 후각을 자극하기에 충분하다. 제대로 대비도 하지 않고서 저러는 꼴을 보니 속이 더욱 뒤틀렸다.

"앙? 뭐냐?"

황주원은 짜증을 가득 담은 얼굴로 우현을 돌아보았다. 우현은 천천히 숨을 뱉었다. 일단 진정하자. 마음 같아서는 저 건들거리는 면상에 주먹을 처박아주고 싶었지만,

군이 그럴 필요도 없잖은가.

"이제 와서 사과라도 하고 싶은 거냐? 뭐, 이해한다고. 아직 어리잖아. 순간 욱하고, 그치?"

황주원은 차분한 우현의 표정을 보면서 이죽거렸다. 어쩔 수 없나. 황주원은 물고 있던 담배를 땅에 떨어트렸다. 그는 그것을 발로 지져 끄면서 낄낄 웃었다.

"제대로 사과한다면 뭐, 서로 없었던 일로 할 수 있다고. 상식적으로 생각해서 평균 D등급인 던전에, F급이 두 명이나 껴 있는 파티에 들어와 줄 놈은 없단 말이야. 이해해. 장비 좋잖아? 낮은 등급 던전은 재미 없겠지. 그러니까 여기에 와서…."

"꺼지세요."

우현은 활짝 웃었다. 순간, 황주원은 우현이 무슨 말을 했는지 이해하지 못했다. 그는 조금 멍한 표정으로 우현을 바라보았다.

"…뭐라고?"

"꺼지라고요. 선하랑 얘기를 해 봤는데, 이 파티에 황주원씨는 그리 필요하지 않습니다. 장비 수준이 낮은 것은 뭐 문제되지 않지만…"

우현은 손을 뻗어 황주원의 메이스를 가리켰다. 균열이 가고, 끝이 조금 부서진 메이스를.

"장비가 제 역할을 하지 못하고 있지 않습니까. 실력은 둘째치고서 장비가 그 모양이면 이보다 낮은 던전에서도 힘들 겁니다."

"뭐, 뭐…! 이건…!"

"이 파티에는."

우현이 입을 열었다.

"당신같은 사람은 필요 없습니다. 물론 당신의 말대로 이 파티가 뭐, 특별히 내세울 것이 있는 뛰어난 것은 아닙니다만… 이런 수준 떨어지는 파티에서도 당신 같은 사람은 필요없다는 말입니다."

"이 새끼가…!"

발끈한 황주원이 우현에게 달려들었다. 욱하는 마음으로 크게 휘두른 주먹이 우현의 얼굴로 날아갔다. 우현은 왼쪽 발을 뒤로 끌었다. 몸이 뒤로 밀어내고, 눈을 부릅 뜨고서 다가오는 주먹을 바라보았다.

타악!

휘두른 손이 황주원의 손목을 움켜 잡았다.

"그리고."

잡은 손을 자신 쪽으로 강하게 당겼다. 황주원이 비틀거리며 우현 쪽으로 기울어졌다. 우현은 친절히 다른 손을 들어서 황주원의 어깨를 받쳐 주었다.

"담배 피는 것은 좋은데… 던전 안에 쓰레기 좀 쳐 버리지 맙시다. 여기는 환경미화원도 없으니까."

우현은 낮은 목소리로 소곤거렸다. 황주원의 얼굴이 시뻘겋게 달아올랐다. 그는 씨근거리며 무어라 외치려 했지만, 우현이 이어 뱉은 말이 그의 말을 가로막았다.

"응? 개새끼야."

타악!

몸이 밀쳐진 황주원은 비틀거리며 뒷걸음질쳤다. 그는 부들부들 떨면서 우현을 노려보았다. 목구멍이 꽉 막혀서 목소리가 나오지 않았다.

"…씨발…!"

결국 그는 욕설을 뱉고서 몸을 돌렸다. 저따위 허접한 파티 따위 이쪽에서 사양이다. 그는 부글부글 끓는 속을 식히면서 성큼거리며 앞으로 나아갔다. 우현은 황주원의 손목을 낚아챘던 손을 툭툭 털면서 아래를 내려보았다.

황주원이 짓밟은 담배꽁초가 묻혀 있었다.

"치우고 갈 것이지."

쓰레기가.

우현은 투덜거리면서 담배꽁초를 손으로 들었다.

◎

헌터 협회는 헌터가 겪는 대부분의 일에 관여하고 있다. 그들의 손이 지나간 흔적은 던전에도 남아 있다. 아직 개발이 끝나지 않은 상위 던전은 무리지만, 하위 던전에는 노숙하는 헌터들을 위한 최소한의 시설이 준비되어 있다.

물론 산장이라거나, 그런 것은 아니다. 몬스터는 개체마다 다르지만 각자 지성을 가지고 있다. 널따란 초원에 인공적인 건물이 솟아 있다면 당연히 몬스터의 이목을 끈다. 이곳 23번 던전의 경우에, 협회에서 준비한 것은 토굴이었다. 이용하는 것에 비용을 지불할 필요는 없다. 애초에 이곳은 만들어놓았을 뿐 관리인은 존재하지 않는다. 주기적으로 협회 소속 헌터가 던전에 들러 토굴의 상태를 확인하는 것이 전부다.

11시. 예상보다는 조금 이른 시간에 목적지로 둔 토굴에 도착할 수 있었다. 던전에서 밤을 보낼 때 가장 이상적인 것은 몬스터가 출현하지 않는 세이브 포인트에 도달하는 것이다. 세이브 포인트의 게이트를 이용할 수 있는 것은 입구 게이트를 들어오고 나서 한 번 뿐. 1박 2일의 루트라면 세이브 포인트에 도달했을 경우, 그 게이트를 이용해 던전 밖으로 나올 수 있다. 그 뒤에는 약속 시간을 다시 잡고 집으로 돌아가 잠을 자면 되는 것이다.

하지만 세이브 포인트에 도달하지 못했을 경우, 그럴 때에는 협회에서 준비한 시설을 이용해야만 했다. 이 토굴처럼 말이다.

토굴 안에는 아무 것도 없다. 몬스터의 이목을 피하는 것에 집중되었을 뿐이다. 불이라도 피울 수 있으면 좋겠지만, 밤에 불을 피웠다가는 몬스터보고 내가 여기에 있다고 광고하는 꼴밖에 안 된다.

불을 피우는 것이 금지되는 것은 비단 빛뿐만이 아니다. 냄새. 후각이 예민한 몬스터는 멀리 떨어진 거리에서도 불이 타는 냄새를 맡는다. 그를 대신해서 이용하는 것이 랜턴이다. 차단막으로 입구를 막는다면 빛이 새어나가는 것은 막을 수 있다. 그 외의 방한대책은 여러 가지다. 침낭이라던가, 손난로라던가.

"생각과는 다르군요."

차단막을 확인하고 불침번을 다시 정했다. 황주원이
빠졌으니 파티는 셋. 결국 불침번은 두 명에서 한 명으
로 줄이고, 두 시간씩 서기로 했다. 특이사항이 있으면
반드시 다른 인원을 깨울 것. 그것이 규칙이다. 정한 시
간은 선하가 12시부터 2시까지, 우현이 2시부터 4시까
지, 김연철이 4시부터 6시까지. 기상 시간은 6시로 당
겼다. 일정이 빠듯하다 보니 어쩔 수 없었다.

"무엇이 말입니까?"

우현은 랜턴의 전지를 확인하며 말했다. 야영에 필요
한 모든 준비는 선하가 맡았고, 그녀가 마련한 준비품
들에 문제는 없었다. 랜턴은 헌터 전용으로 만들어진
것으로, 빛이 그리 강하지 않아 차단막을 뚫지 않을 정
도였다. 전지도 새 것이라 오늘 하루는 충분히 버티고
남는다. 차단막도 토굴의 주변의 색에 어우러지니 문제
는 없다.

"셋이잖습니까. 그 중 우현씨와 선하씨는 이제 막 헌
터가 되었을 뿐이고요. 그런데… 빠르군요."

사냥속도를 말하는 것이다. 우현은 쓰게 웃으면서 랜
턴을 세웠다. 연한 빛이 토굴의 안을 밝혔다. 토굴은 작
다. 넷이 간신히 들어가서 웅크리고 잘 수 있을 정도밖
에 안 된다. 높이도 낮아서 우현의 경우에는 상체를 바

짝 기울여야 운신이 가능할 정도였다.

우현보다 몸집이 큰 김연철은 말할 것도 없으리라. 그는 잔뜩 몸을 웅크리고서 벽에 등을 기대고 있었다. 흙바닥 위에는 습기가 통하지 않도록 얇은 나일론 천을 깔았다. 우현은 시간을 확인했다. 11시 10분.

"연철씨는 침낭 있으신가요?"

선하가 무릎발로 기어 입구 쪽으로 가며 물었다. 불침번의 초번은 선하다. 그녀는 2시까지 입구의 앞에 웅크리고서 몬스터의 침입에 대비해야 한다. 선하의 물음에 김연철이 머리를 끄덕거렸다.

"예. 있습니다."

"넌 없지?"

선하가 우현을 돌아보며 물었다. 우현은 머리를 끄덕거렸다. 선하는 곧바로 손을 뻗어 아공간에서 우현 몫의 침낭을 꺼냈다. 두꺼운 것이 손난로는 굳이 넣지 않아도 될 것 같았다.

"저희가 너무 능숙해서, 이상합니까?"

선하에게서 침낭을 받고, 우현은 몸을 일으켰다. 구부정한 자세로 침낭을 들고서 잘 자리를 잡았다. 우현의 물음에 김연철이 머리를 끄덕거렸다.

"솔직히 말하자면 그렇습니다. 두 분은 헌터가 된 지한 달도 되지 않았잖습니까. 하지만 몬스터와의 싸움이 정말 능숙해보이시더군요."

"장비 덕분이죠."

우현이 너스레를 떨자 김연철은 빙긋 웃더니 머리를
흔들었다.

"물론 장비의 덕도 있겠지만, 장비가 좋다고 해서 몬
스터를 쉽게 잡을 수 있는 것은 아니죠. 장비를 휘두르
는 것은 결국 헌터니까요."

갑자기 칭찬이냐. 우현은 일단 웃어주었다. 아무래도
김연철은 선하와 우현을 대단한 재능을 지닌 신출내기
헌터로 생각하는 모양이었다. 일반적인 관점으로는 그
렇게 보이는 모양이군. 우현은 침낭을 펼치면서 생각했
다.

선하와 거래를 하고, 황주원을 버리느라 시간을 너무
지체했다. 그래서 스스로도 무리라고 느낄 정도로 가혹
하게 일정을 조절했다. 쉬는 시간을 줄이면서까지 전
진. 마주친 몬스터는 최대한 빠르게 격파. 그 과정에서
투기의 조절은 하지 않았다. 육체 강화부터 무기 강화
까지, 전부 사용했다. 이제 헌터가 된 지 한 달 된 F급
헌터라고 생각할 수 없을 정도의 실력을 보였다.

"재능이라는 거겠죠."

김연철이 말했다. 재능이라. 우현은 뺨을 긁적거렸
다. 굳이 말하자면 재능은 없는 것 같은데. 이 몸 사실

허약하고. 우현은 입맛을 다셨다. 모르는 것인데도 할 수 있는 쪽을 굳이 말하자면 재능이라 할 수 있을 것이다. 우현의 경우에는 다르다. 알고 있으니까, 할 수 있는 것이다.

모르는 것은 어떻게 대처해야 할까. 잘 모르겠다.

"사실 처음에는 걱정을 많이 했습니다만, 괜한 걱정이었다는 걸 알겠습니다. 이렇게까지 빠르게 몬스터를 잡는 파티는 E급에서도 본 적 없습니다."

"그런가요?"

적당히 말을 받았다. 추켜 세워주는 것이 어색하기도 했고, 이런류의 대화에서 어떻게 말하는 것이 정답인지도 모른다. 김연철이 몸을 일으켰다. 아무래도 잘 준비를 하려는 모양이다. 우현은 펼친 침낭 안으로 몸을 집어 넣었다.

재능이라. 연한 빛에 밝혀진 토굴의 천장을 보았다. 그런 것을 가지고 있다고 생각한 적은 없었다. 호정이었을 때도, 우현이었을 때도.

"자?"

목소리가 들렸다. 자고 있는 것은 아니었다. 그냥, 잠깐. 눈을 감고 생각하고 있었을 뿐이다. 내일 있을 일에 대해서, 여태까지의 일에 대해서, 그리고 앞으로의 일에 대해서. 눈을 뜨고서 옆을 돌아보았다. 담요를 몸에

두르고 웅크리고 앉은 선하가 보였다. 흐린 주황색 빛에 발갛게 물든 옆얼굴과, 대각선으로 둔 무기를 꽉 쥔 손.

"…자?"

다시, 선하가 물었다. 묻는 주제에 그녀는 우현을 보지 않았다. 한 눈에 보아도 집중하고 있다는 것을 알 수 있는 얼굴이었다. 우현은 귀를 기울여 선하가 집중하고 있는 세계에 공감했다. 잠든 김연철의 숨소리, 우현이 뱉는 숨소리, 그리고 선하의 숨소리.

그 너머의 세계. 얇은 차단막 바깥의 세계. 바람소리, 풀이 흔들리는 소리, 벌레가 우는 소리. 들리는 소리는 그것 뿐. 몬스터의 기척은 없다. 그것을 확인하고서

"아니."

우현은 입을 열었다. 우현이 대답하고 나서야 선하의 시선이 돌아갔다. 까만 눈동자가 우현을 바라보았다. 우현은 몸을 일으키지 않았다. 푹신한 침낭에 머리를 베고서, 그 안에 몸을 넣고. 갑옷은 벗지 않았다. 이곳은 좁다. 갑옷을 벗고, 갈아입는 것이 불편하다. 중갑옷도 아니니 차라리 입고 있는 편이 낫다. 파브니르만 아공간에 집어넣었을 뿐이다.

"안 자? 두 시간 뒤에는 네 차례잖아."

"그 말하려고 부른 거야?"

우현은 선하의 옆얼굴을 보면서 물었다. 시선만 돌려서 우현을 보고 있던 선하의 눈과 우현의 눈이 마주쳤다. 선하는 피식 웃었다.

"…그건 아니지만."

"내가 자고 있었으면 어쩌려고 했어?"

"2시간 뒤에, 내가 너를 깨울 때. 네가 불침번을 서고, 내가 침낭 안에 들어가 있을 때. 그때 얘기하려고 했지."

선하가 중얼거렸다. 김연철은 곤히 자고 있었다. 우현은 피식 웃으면서 팔베게를 했다.

"뭔 대단한 이야기를 하시려고."

"고맙다는 말을 하고 싶었어."

선하가 말했다. 그 말에 우현은 멈칫 굳었다. 천장으로 돌렸던 시선을 다시 선하에게 향했다. 무릎을 감싸 안고 웅크리고 있던 선하는 손을 앞으로 뻗었다. 아공간이 열리고, 보온병이 떨어졌다.

"…뭐야?"

고맙다는 말을 묻는 대신에, 그것에 대해 물었다.

"커피."

선하가 대답했다. 그녀는 보온병을 열고서 뚜껑에 커피를 부었다. 제법 성능이 좋은 모양이다. 선하는 김이 모락모락나는 커피를 입술로 가져갔다.

"커피 마시면 자기 힘들 텐데."

"어렸을 때부터 마셔서 별로 그렇지도 않아."

"커피 마시고 자면 입 냄새 쩔어."

그 말에 선하가 미간을 왈칵 찡그리고서 우현을 돌아보았다.

"양치할 거야."

선하가 내뱉었다. 그 말에 우현은 킬킬 웃었다.

"…아침에는 뭐 먹을 거야?"

고맙다는 말을 하고 싶다. 선하는 그렇게 말했지만, 우현은 계속해서 다른 것을 물었다. 딱히 그녀에게 고맙다는 말을 들을 만한 일을 하지 않았다고 생각했기 때문이다. 커피를 홀짝 거리던 선하는 잠시 생각하다가 입을 열었다.

"여러 가지 준비하기는 했는데. 삼각 김밥이라던가… 빵이라던가. 전자레인지는 없으니까 말이야. 버너는 쓸 수 있겠지만…."

"버너는 있어? 라면이라도 먹던가."

"대학교 엠티도 아니고. 괜히 일 크게 하고 싶지 않아. 그냥 간단하게 먹어."

"삼각 김밥이 낫겠군. 아침에 빵 먹기는 싫어."

"아저씨같은 말 하네."

선하가 키득거렸다. 따지고 보면 아저씨 맞는데. 우

현은 눈을 깜박거리며 생각했다. 그러고 보니 회춘했
군.

"…아까는 미안했어."

불쑥, 선하가 말했다. 우현은 한숨을 쉬면서 머리를
흔들었다.

"미안할 것 없어."

무덤덤한 어조로 대답했다. 진심으로 하는 말이었다.
이번 일에 대해서 그가 손해를 보는 것은 없다. 오히려
이득을 취했다. 파브니르와 라크로시아의 갑옷은 우현
의 것이 되었다. 이것으로 장비를 교체할 필요는 없게
되었다. 지금 착용한 것보다 성능이 좋은 장비는, 우현
이 최상위 던전을 드나드는 헌터가 되지 않는 이상 구
할 수 없을 것이다.

"…계속 생각했어. 아까 이후로, 계속."

어쩐지 몬스터와 싸울 때 반응이 조금 무디다 싶더
니. 우현은 혀를 찼다.

"싸우다가 잡생각하면 죽어."

우현의 말에 선하는 키득거리며 웃었다.

"네 말이 맞아. 반성할게. 앞으로 그런 일은 없을 거
야. …생각은 다 했으니까."

"무슨 생각."

"…내가 실수했던 것. 경험이 부족한 것은 당연한 것

언데… 그러기 싫었어. 왜, 가끔 있잖아. 빨리 어른이
되고 싶다는 애들."

"어중간한 나이에 많이 그러지. 고등학생 때라던가."

"응. 나도 그랬던 것 같아. 몸은 덜 컸는데… 정신만
커서. 아니면 정신만 컸다고 착각했을 지도 모르겠지
만. …내가 그랬어."

일 년 동안 혼자 훈련하면서 충분히 되었다고 착각했
다.

"사실은 구멍투성이인데 말이야. 그걸 보이고 싶지
않아서… 고집부리고. 욱하고… 그랬던 거야."

"사과할 일도 아니네. 사람이라면 다 그래. 나도 엄청
다혈질이거든. 열 받으면 눈 돌아가고."

"그래 보이더라. 네가 그렇게 화내는 것, 처음 봤어."

선하가 중얼거렸다. 우현은 선하를 힐끗 보았다.

"너와 만난지 고작해야 한 달이야. 이렇게 같이 사냥
하는 것은 몇 번 되지 않았고, 사적인 만남도 적었지.
서로에 대해 모르는 것은 당연해. 앞으로 알아가면 된
다고 생각하고. 네가 부족한 점이 있다면 내가 보완하
면 돼. 보완할 수 없어도 같이 의논하면 되는 것이고."

우현은 담담한 목소리로 말했다. 그 말에 선하는 머리
를 돌려 멍한 눈으로 우현을 바라보았다. 시선이 오갔다.

"…내가 뭐 이상한 말 했어?"

우현이 물었고, 선하는 풋 웃으며 머리를 흔들었다.

"아니, 그런 건 아냐."

선하가 대답했다. 그녀는 다시 시선을 돌려 앞을 보았다.

"…아까부터 느낀건데. 너는 좀… 뭐라 해야 할지 모르겠지만… 달라. 내 쪽이 분명 너보다 우수하다고 생각하는데… 아닌 것 같아. 나는 너보다 일 년 먼저 헌터가 되었는데… 왜일까."

"재능이겠지."

낯 부끄러운 말을 해버렸다.

"…그리고 나는 이런 저런 경험이 많아. 나이가 같아도, 나는 너보다 많은 것을 해 봤거든. 아마 그 차이일 거야. 운동도 좀 했었고."

어물쩍 넘겼다.

"그렇겠지."

선하는 의외로 담담히 인정했다.

"나는 아르바이트도 안 해봤거든."

"그러시겠지. 돈 많으니까."

우현은 키득거리며 말했다.

"응, 맞아."

그리고 선하는 뻔뻔하게 그것을 인정했다. 대화가 끊겼다. 우현은 이 주제로 더 이상 이야기를 이끌고 싶지 않았다. 둘러대는 것도 한계가 있으니까. 우현은 머리를 돌렸다.

"자야겠다. 시간되면 깨워줘."

"응."

"…그리고 커피 좀 있으면 남겨."

그 말에 선하가 낮게 웃음을 터트렸다.

"입 냄새 쩔거라며?"

묻는 말에 우현은 대수롭지 않다는 듯 대답했다.

"양치하면 되지."

"칫솔은 있어?"

"없어도 돼. 네 치약 있잖아? 그거 입에 짜내고 헹구면 되겠지."

그 말에 선하가 질색이라는 표정을 지었다.

"더러워."

"뭐 어때. 커피 남겨줘. 난 잘 테니까."

우현은 그렇게 말하고서 침낭을 끝까지 올려 머리를 덮었다. 그런 우현을 힐끗 보면서 선하는 쿡쿡 웃었다.

"응."

REVENGE

5. 바바론가 레이드(2)

HUNTING

NEO MODERN FANTASY STORY & ADVANTURE

REVENGE HUNTING

5. 바바론가 레이드(2)

아침 6시. 김연철이 깨우는 소리에 눈을 떴다. 나눠서 두 시간을 잔 덕에 피곤함이 채 가시지 않았다. 눈은 뻑뻑했고, 머리는 조금 멍했다. 일어나서 가장 먼저 한 짓은 손을 들어 자신의 뺨을 세게 후려친 것이었다.

짜악!

큰 소리와 함께 우현의 뺨이 돌아갔다. 멍하니 눈을 비비고 있던 선하가 화들짝 놀라 우현을 바라보았다.

"뭐, 뭐하는 거야?"

선하가 더듬거리며 물었다. 우현은 아픈 뺨을 어루만지면서 침낭을 벗어났다.

"졸려서."

그는 그렇게 중얼거리며 침낭 옆에 두었던 물통을 열어 벌컥거리며 마셨다.

"…무식하게."

그렇게 말하는 주제에, 선하도 양 손을 들어 자신의 뺨을 가볍게 후려쳤다.

"차단막 걷겠습니다."

김연철이 말했다. 차단막을 거두니 이른 아침의 싸늘한 바람과, 창백한 빛이 토굴의 안을 비추었다. 우현은 랜턴을 껐다.

밤 동안에 몬스터의 습격은 없었다. 그것이 다행이라면 다행이었다. 우현은 졸린 눈을 손으로 누르면서 토굴의 밖으로 머리를 뺐다. 먼 곳을 살폈지만 몬스터는 보이지 않았다. 하늘을 보아도 하피는 보이지 않았다. 그를 확인하고 나서야 우현은 토굴의 밖으로 나왔다. 침낭이 두껍기는 했지만 바닥이 워낙에 딱딱하고 울퉁불퉁하던 탓에, 허리가 조금 뻐근했다.

"잘 잤어?"

선하가 곁에 다가왔다. 그녀는 보온병의 뚜껑에 커피를 따르더니 우현에게 건네주었다. 불침번을 새면서 본 보온병과는 다른 것이었다.

"커피 많이도 가지고 왔네."

우현은 그렇게 중얼거리면서 선하가 건네는 커피를

받았다. 선하가 눈썹을 찡그렸다.

"그래서 불만이야?"

"아니, 불만인 것은 아닌데. 모닝커피라… 입냄새 쩔겠구만."

우현은 그렇게 중얼거리면서도 커피를 한 모금 마셨다. 인스턴트의 맛은 아니었다. 직접 내린 커피인 것일까. 우현은 투명한 커피의 빛깔을 내려 보면서 한 모금 더 커피를 마셨다. 이른 아침에 마시는 커피의 쓴 맛은 졸린 정신을 어느 정도 깨워주었다.

"중간 타임은 힘들죠."

김연철이 말했다. 선하는 종이컵을 꺼내서 김연철에게 커피를 따라 건넸다.

"아뇨, 괜찮습니다. 커피는 몸에 안 받아서요."

김연철이 머리를 흔들었다. 선하는 김연철이 거부한 커피를 자신이 마셨다.

"우현씨는 군대 갔다 오셨습니까?"

가볍게 스트레칭을 하던 김연철이 물었다.

"아, 예."

우현은 약간 머뭇거리다가 대답했다. 김연철은 씩 웃었다.

"불침번 설 때마다 그때 생각나지 않습니까?"

"그래도 군대 때보다는 할 만하죠. 갈구는 선임은

없으니까."

우현은 쓰게 웃으면서 적당히 말을 받았다. 군대에 다녀온 적이 없는 선하는 뚱하니 커피를 홀짝거리기만 했다. 우현은 그런 선하를 슬쩍 보았다.

"슬슬 밥이나 먹죠. 7시 이전에는 출발하고 싶으니까요."

"식사는 각자?"

"아뇨, 제가 준비해 왔어요. 삼각김밥과 컵라면, 빵, 컵스프 같은 것으로 준비했는데. 연철씨는 어떻게 하실래요?"

선하가 물었다. 김연철은 생각할 것도 없다는 듯이 대답했다.

"삼각김밥과 컵라면으로 하겠습니다."

그 말에 우현도 머리를 끄덕거렸다.

"나도 그걸로."

셋은 다시 토굴 안으로 들어갔다. 선하는 빵과 컵스프를 선택했다. 선하는 우현과 연철의 컵라면에 뜨거운 물을 따라 주었고, 머그컵에 컵스프를 푼 뒤에 물과 섞었다. 얼마 지나지 않아 라면이 다 익었다. 조용히 식사가 시작되었다. 다 먹고 나서 선하는 타우린이 잔뜩 들어간 피로회복 음료를 건네 주었다. 그것을 마시고 나서,

"자."

선하가 치약과 칫솔을 우현에게 건넸다.

"칫솔?"

우현이 물었다. 선하는 뚱한 얼굴로 머리를 끄덕거렸다.

"새거야."

당연히 그러겠지. 김연철은 자신의 치약과 칫솔을 가지고 있었다. 셋은 바깥으로 나와, 나란히 서서 양치질을 했다. 우현은 옆에서 양치질을 하는 선하를 힐끗 보았다. 그녀는 치아가 닳아 없어질 기세로 맹렬히 양치질을 했다. 아무래도 입냄새가 어쩌고하던 우현의 말을 내심 마음에 담아두고 있었던 모양이다. 그런 선하가 조금 귀엽다고 느껴져서, 우현은 피식 웃어버렸다.

양치질을 끝내고, 각자 적당히 세안을 했다. 선하는 세수가 끝나자마자 스킨이니 로션이니 하는 것을 얼굴에 바르고, 선크림까지 얼굴에 펴서 발랐다. 세수는 물로만, 눈꼽을 때고 콧물을 푸는 것에 그친 우현은 괜히 자신이 민망해져서 건조한 뺨을 손으로 두들겼다.

"선크림 안 발라?"

선하가 우현을 힐끗 보며 물었다. 우현은 그런 선하의 물음에 김연철을 힐끗 보았다.

"전 괜찮습니다. 이미 다 탔거든요."

그는 까무잡잡한 자신의 뺨을 긁적거리며 쓰게 웃었다.

"선크림 없어."

"…준비가 부족하네. 이리 와서 앉아 봐."

"아니, 괜찮은데."

"와서 앉아. 피부는 관리할 수 있을 때 관리해야 해."

선하가 쏘아붙였다. 관리할 때를 놓친 김연철이 낮게 헛기침을 했다. 우현은 입술을 꾹 다물고 선하의 앞에 정좌하고 앉았다. 선하는 선크림을 손에 짜고서는 우현의 얼굴에 발라 주었다. 그런 선하와 우현을 신기하다는 듯이 보던 김연철이 입을 열었다.

"두 분은 사귀는 사이입니까?"

"네엣?!"

화들짝 놀란 선하의 손이 우현의 코를 찔렀다.

"커윽!"

예상치 못한 공격에 우현은 코를 손으로 싸매고서 머리를 젖혔다.

"더러워…!"

선하는 기겁하면서 물티슈에 손가락을 벅벅 문질렀다.

"사, 사귀다니요…! 그런 사이는 아니에요! 그냥, 그냥… 파트너…."

선하가 머뭇거리며 대답했다. 우현은 신음을 흘리면서 찔린 코를 손으로 꾹 눌렀다.

"말 그대로입니다. 사귀는 사이 아닙니다."

정색하고 하는 말에 김연철은 머리를 긁적거렸다.

선크림까지 모두 바르고 나서 토굴을 정리하고 나왔다. 시간은 7시가 조금 넘어 있었다. 바바론가가 출현하는 시간은 16시 43분. GPS를 켜서 지도를 확인했다. 기상 시간을 이르게 옮긴 탓에, 어제와 같은 속도라면 조금 여유롭게 도착할 수 있을 것 같았다.

"포지션의 변경은 없습니다. 제가 선두로 가고, 김연철씨는 후방을, 선하는 중간에서 공중을."

출발 전에 가볍게 브리핑을 시작했다.

"전방에 복수의 몬스터가 출현할 경우 제가 먼저 나섭니다. 주의를 끌고, 한 마리를 잡고. 그 뒤에는 맡기겠습니다. 휴식 시간은 정하지 않고 진행과 상황에 따라 부여하겠습니다. 체력 조절에 주의해 주시고 특이사항이 생길 경우 보고 부탁드립니다."

"예."

"응."

대답을 확인하고 나서 이동을 시작했다. 23번 던전은 구릉지의 초원이다. 구릉은 계단식으로, 초원을 쭉 지나서 구릉을 내려가고 다시 초원이 이어지는 식이다. 초원에는 켄타우로스를 비롯한 사족 보행 몬스터가 일반적으로 출현하고, 구릉지에는 하피의 습격이 잦다.

문제는 없었다. 일반 몬스터나 하피는 더 이상 우현에게 위협적이지 않았다. 파브니르는 투기를 조금만 불어넣는 것으로도 일격에 일반 몬스터의 몸을 두부처럼 베어냈다.

막힘없는 전진이었다. 어제 하루 손을 맞춘 것으로 파티는 확실히 안정적으로 변했다. 선두를 맡은 우현은 몬스터와 마주칠 때마다 틈을 주지 않고 튀어나가 몬스터의 이목을 끌었고, 우현에게 이목이 집중된 틈에 선하와 연철이 남은 몬스터를 처리했다.

'한 명이 빠졌는데도 오히려 밸런스는 낫군.'

장비가 노후했던 황주원을 빼는 것으로 속도가 더 나아졌다. 우현은 김연철의 움직임에 주목했다. 묵직한 공격을 밀어 넣는 그는 체력도 좋고 투기의 분배도 좋은 편이었다. 그런 김연철의 발목을 잡는 것은 무기였다.

'무기와 몸의 상성은 좋아. 하지만 무기의 질이 너무 떨어지는군.'

무거운 무기를 휘두르면서도 체력조절은 확실히 하고 있었다. 밀어 붙일 때와 물러설 때를 알았고, 단순히 해머를 휘둘러 갈기는 것뿐만이 아니라 밀어내고 끊어치는 것과 막대를 휘둘러 견제하는 것이 능숙했다. 가다듬는다면 방어형 탱커로도 쓸 수 있을 것 같았다.

'이번 레이드가 끝나면 선하에게 말을 해 봐야겠어.'

믿을 수 있는 사람이라면 고정 파티로 둬도 나쁘지 않다. 당장은 탱커의 부재로 우현이 탱커의 역할을 맡고 있기는 하지만, 김연철을 탱커로 쓸 수 있다면 우현이 아예 딜러로 빠지는 편이 좋으리라. 김연철의 실력이 부족하다면 우현이 메인 탱커를 맡고 김연철을 서브 탱커로 두던가. 방어력이 높은 네임드 몬스터를 사냥할 때에는 복수의 탱커를 둬서 로테이션을 돌리는 것이 일반적이다.

"하피."

선하가 소곤거렸다. 곧바로 시선을 올리니 날개를 펄럭거리며 떨어지는 하피가 보였다. 머뭇거리지 않고 우현은 땅을 박찼다. 투기로 강화한 몸이 도약 한 번에 하피가 떨어지는 높이까지 솟구쳤다. 내려오는 것을 기다릴 시간은 없다.

써걱!

몸을 비틀어 휘두른 검이 하피의 몸을 양단했다.

"와아!"

지르는 탄성에 몸이 멈칫 굳었다. 우현의 시선이 아래를 보았다. 올려보는 시선이 낯이 익었다.

"…박희연?"

땅에 내려오고서 그녀의 이름을 중얼거렸다. 그 말에 박희연은 미간을 살짝 찡그렸다.

"뭐에요? 그 딱딱한 호칭은."

박희연이 투덜거렸다. 우현은 머쓱함에 어깨를 살짝 으쓱거렸다.

"우연이네요. 이 넓은 던전에서 만날 줄이야."

박희연은 활짝 웃으며 말했다. 그것은 우현도 동감이었다. B급 헌터라고 했으면서 아직도 23번 던전에 머무르고 있는 건가. 우현은 박희연의 뒤편에 선 사람들을 힐끗 보았다. 똑같은 갑옷과 무기. 나래의 길드원들이다.

"왜 아직도 23번 던전에 계시는 겁니까?"

우현이 물었다.

"우현씨를 스카웃하기 위해서… 는 아니니까 걱정하지 마세요. 저희도 나름대로 이 던전에 볼 일이 있거든요."

그녀는 바바론가를 잡기 위해서 23번 던전을 돌고 있다. 바바론가를 잡기 전까지는 이 던전을 나가지 않는다. 그 사정을 모르는 우현은 박희연의 말에 머리를 끄덕거렸다. 우현을 힐끗거리며 보는 황인철의 미간이 씰룩거렸다.

'장비가 바뀌었잖아?'

무슨 장비인지는 모르겠지만 한 눈에 봐도 범상치 않아 보였다. 당연히 박희연도 그것을 눈치챘다. 그는 우현이 쥔 파브니르와 몸을 감싼 라크로시아의 갑옷을 힐끗 보았다.

"지난번에 봤을 때랑 장비가 다르네요? 비싸 보이는데."

"친구한테 받았습니다."

우현은 무덤덤한 어조로 대답했다. 그 말에 박희연의 시선이 김연철을 힐끗 보았다. '저 사람은 아니고.' 박희연은 김연철의 장비를 보고, 곁에 선 선하를 보았다. 박희연의 눈이 가늘어졌다. 선하의 장비 역시 평범한 것이 아니었다.

"…좋은 친구네요. 굉장히 고가의 장비로 보이는데, 선뜻 주다니."

"누구시죠?"

선하가 앞으로 나왔다. 그녀는 삐딱한 자세로 서서 박희연을 바라보았다. 박희연은 선하의 시선에 활짝 웃으면서 대답했다.

"나래의 길드원인 박희연이라고 해요."

"…나래?"

선하가 중얼거렸다. 박희연이 머리를 끄덕거리자, 선하는 낮게 헛기침을 하면서 대답했다.

"강선하라고 합니다."

"강선하…? 아, 오빠한테 들었어요. 우현씨랑 같이 초기 등급 심사에서 F급 헌터로 배정받으신 분이죠? 오빠의 제안을 거절했던."

"…오빠라구요?"

"박희연씨는 나래의 부길드장, 박광호씨의 여동생이야."

우현이 설명했다. 그 말에 선하는 천천히 머리를 끄덕거렸다.

"그렇군요."

선하는 더 이상 박희연과 대화를 나누고 싶지 않은 모양이었다. 그리고 그것은 우현도 마찬가지였다. 그는 박희연에게 그리 좋은 감정을 가지고 있지 않았다. 길드에 가입하라는 권유를 번번히 거절했음에도, 그를 무시하고서 계속해서 권하던 기억이 남았던 탓이다.

"그럼, 저희는 이만 가보겠습니다."

"어디로 가시는데요?"

박희연이 호기심 어린 눈으로 물었다. 그 물음에 우현은 생각할 것도 없다는 듯이 곧바로 대답했다.

"일단 23번 던전의 끝까지 갈 생각입니다."

"그래요? 그럼 잘 됐네요. 저희랑 같이 가시는 게 어때요?"

"사냥에 방해됩니다."

"그쪽이 노리는 몬스터를 뺏을 생각은 없어요. 그냥, 가는 길에 같이 말동무나 하자는 거죠."

박희연이 다시 권했다. 하지만 우현은 싸늘한 시선으로 그녀의 얼굴을 바라보았다.

"괜찮습니다."

정중하게 거절을 말하고서, 다시 몸을 돌렸다. 그런 우현의 등을 보면서 박희연은 쯧하고 혀를 찼다.

'되게 튕기네.'

그녀는 그렇게 생각하면서 바닥을 발로 툭 걸어찼다.

"언제 만난 거야?"

박희연을 지나치고서 걷던 중에 선하가 소곤거리며 물었다.

"지난번에. 혼자서 23번 던전에 왔을 때 마주쳤었어."

우현의 대답에 선하가 미간을 찡그렸다.

"마주친 것으로 통성명까지 해? 친해보이던데."

친해보인다고? 우현은 어이가 없어서 선하를 바라보았다.

"그게 친해보이냐?"

"얘기 잘 하더만."

"별로 그렇지도 않아. 나보고 실력 좋다고, 같이 파티 하자고 권하길래⋯ 거절했어. 나래에 가입하라고도 다시 권유하길래 거절했고."

"거절했다고요?"

김연철이 놀란 목소리로 물었다. 그 물음에 우현은 쓰게 웃으면서 머리를 끄덕거렸다.

"예. 길드에 가입할 생각은 아직 없거든요."

"허⋯ 나래라면 국내 최정상 길드 중 하나인데. 그나저나, 그 장비. 협회에서 준 것 아니었습니까?"

김연철이 물었다. 그 물음에 우현은 머리를 흔들었다.

"황주원이 하도 캐묻길래 귀찮아서 둘러 대답한 겁니다. 장비는 선하에게 받았습니다."

"그렇⋯군요. 사정이 있어보이니 더 묻지 않겠습니다."

김연철은 쩝하고 입맛을 다시며 머리를 끄덕거렸다. 그런 김연철에게 우현은 감사를 담아 살짝 머리를 끄덕거렸다. 낌새가 안 좋아. 우현은 작게 혀를 찼다. 상위 등급의 헌터가 길드원과 함께 하위 던전을 떠도는 것. 그런 경우는 보통 하나 뿐이다.

네임드 몬스터를 노리는 것.

"조금 속도를 올리죠."

우현은 그렇게 말하고서 빠르게 앞으로 걸었다.

바바론가를 뺏길 생각은 없다.

'왜 쫓아 오는 거야?'

선하는 뒤쪽을 힐끗 보았다. 조금 떨어진 거리에서 쫓아오고 있는 박희연의 파티가 보였다. 오전의 조우 이후로 저들은 계속해서 적당한 거리를 유지한 체 자신들과 같은 방향으로 이동하고 있었다.

방해는 없다. 저들은 앞으로 튀어나오지 않고 뒤쪽에서 쫓아오기만 할 뿐. 신경에 거슬린다는 것을 제외하고서는 문제될 것은 없다. 불필요한 접촉도, 대화도 없다. 단순히 가는 길이 같은 것일까.

정말로?

보통, 던전의 돌파 파티는 입구 게이트부터 시작하여 중간의 세이브 포인트를 거치고, 마지막 게이트까지의 최단 루트의 일직선으로 움직인다. 하지만 선하의, 우현의 파티는 다르다. 그들이 노리는 것은 마지막 게이트가 아닌 바바론가다. 선하는 시간을 확인했다. 4시. 바바론가가 출현할 때까지 얼마 남지 않은 시점이다.

파티는 이미 중간의 세이브 포인트를 지나고, 마지막 게이트를 향해 이동하고 있다. 최단거리의 루트에서 샛길로 빠진다. 바바론가가 출현하는 포인트에 도착하기 위해서다. 바바론가의 출현 포인트는 우현의 GPS에 표시해 놓았다. 시간은 여유고, 포인트를 정확히 잡고서 선공.

네임드 몬스터의 사냥은 경쟁이다. 던전은 언제나 몬스터를 사냥하는 파티가 존재하고, 네임드 몬스터는 그런 파티의 앞에 갑작스럽게 나타난다. 누가 먼저 포착했느냐? 그것은 중요하지 않다.

누가 먼저 몬스터를 공격하는가. 몬스터가 어느 파티를 '죽이고 싶다' 라고 느끼는가. 사냥감과 사냥꾼이 서로를 인지하고 대치하는 순간, 네임드 몬스터의 사냥권은 그 파티에게 쥐어진다.

물론 스틸이 없는 것은 아니다. 협회는 스틸을 범죄로 규정하여 강력하게 처벌하고 있지만,

범죄라는 것은 증거가 남아야 증명할 수 있는 것이다. 목격자가 없다면? 피해자가 없다면? 시체는 말을 하지 못한다. 던전에서의 시체 유기 방법이야 초등학생이라도 생각할 수 있을 것이다. 꼭 던전에서 유기할 것도 없다. 모든 헌터는 세상에서 가장 완벽한 시체 보관법을 알고 있다.

아공간에 시체를 처넣는 것. 헌터는 다른 헌터의 아공간에 간섭할 수가 없다. 시체를 넣어 놓고서 모른다고 잡아 때면 증명조차 불가능하다.

'상대는 나래의 길드원. 협회와 대형 길드는 밀접한 관계를 맺고 있고, 길드는 헌터 법에 준수하며 그를 어기지 않는다. 하지만….'

집단 내에 비리와 부정이 없을 수는 없다. 우현은 시선을 돌려 뒤를 힐끗 보았다. 이쪽으로 걷고 있던 박희연이 웃으며 손을 흔들었다. 박희연은 우현에게 호의적이다. 표면을 보면 그렇다. 그녀가 내심 무엇을 생각하고 있는지는 알 수 없다.

'좋게 생각하지는 않을 것 같은데.'

나래에 가입하라는 권유를 몇 번이나 거절했다. 하도 끈질기게 달라붙기에 매섭게 쏘아붙이기도 했다. 상대는 나래의 부길드장의 여동생. 주변 길드원들이 보이는 태도를 보면 그녀는 저 파티의 여왕이다. 모두의 앞에서 자존심을 밟아버렸으니 악감정을 가지고 있을 지도 모른다.

'며칠 동안 던전을 떠돌고 있어. 그만큼 네임드 몬스터가 절실하다는 건데….'

간섭할 가능성은 충분한가. 일단은 경계. 우현은 시간을 확인했다. 35분. GPS를 확인한다. 위치는 가깝다. 머리를 돌린다면 바로 확인할 수 있는 위치다. 주변을 살핀다. 조금 떨어진 거리에 박희연의 파티가 있다. 몬스터의 모습은 보이지 않는다. 하늘을 본다. 하피는 없다.

"휴식합니다."

우현은 자리에 털썩 주저앉았다. 긴장한 얼굴로 이쪽

을 힐끗 보는 선하가 보였다. 우현은 그런 선하를 향해 입술을 벌렸다.

괜찮다. 입술만 뻐끔거려 그 뜻을 전했다. 선하가 살짝 머리를 끄덕거렸다. 우현은 파브니르를 아공간에 집어넣고, 대신 생수를 한 통 꺼냈다. 뚜껑을 열고 천천히 물을 마셨다. 남은 시간은 8분. 선하의 정보가 맞다면, 8분 후에 바바론가가 나타난다.

"여기는 최단 루트가 아닌데요?"

목소리가 다가왔다. 우현은 생수통을 입술에서 떼고 시선을 올렸다. 생글거리며 웃는 박희연의 얼굴이 보였다. 우현은 해를 등지고 자신을 내려 보는 박희연의 얼굴을 가만히 올려 보았다.

"넋 놓고 있다가 샛길로 빠져 버렸군요."

"흔하게 하는 실수죠. 던전 내에서 GPS는 자기 위치가 갱신되지 않으니까요. 일일이 표시하면서 나아가는 식이니, 길을 잃기도 쉽죠."

"당신들은 왜 여기에 있습니까?"

우현이 물었다. 샛길로 빠졌다는 것을 알면서도 이쪽으로 왔다. 우현의 뒤를 쫓아왔다는 것이다. 하지만 박희연은 태연한 얼굴을 하고서 머리를 흔들었다.

"저희의 목적은 마지막 게이트에 도달하는 것이 아니에요. 단순히 말하면, 던전을 헤집는 거죠."

"무엇 때문에?"

조용히 물었다. 그 질문에 박희연이 입꼬리를 올리며
웃었다.

"궁금해요?"

박희연이 소곤거렸다. 그녀는 몸을 살짝 낮추더니 자
그마한 목소리로 알려주었다.

"비밀이에요."

소곤거리는 말에 우현의 미간이 씰룩거렸다. 박희연
은 약 올리듯 키득거리더니 머리를 들었다.

"뭐, 그렇게 큰 비밀은 아니지만. 떠벌리고 싶지는 않
네요."

"그래서 우연히 저희와 같은 길로 오셨다?"

"우연은 아니에요. 의도적으로 쫓아왔죠. 지난번에도
말했잖아요? 저는 우현씨한테 꽤 관심을 갖고 있어요.
굳이 말하자면, 우현씨 말고도 저기 선하씨한테도."

박희연은 소리죽여 키득거렸다.

"두 분은 재능이 있어 보이니, 나래에 스카웃 하고 싶
어요. 하지만 두 분의 장비를 보니… 흠. 나래의 지원이
못 마땅할 만 하군요."

"…그때에도 말했지만 나래의 스카웃 제의를 거절하
는 것은 다른 이유 때문입니다."

대답하면서 시간을 확인했다. 41분.

"네, 알아요. 준비가 되지 않았다고 했었죠? 저한테 화도 냈었고. 그래서 저도 더 이상 조르지 않는 거예요. 미움 받고 싶지 않으니까."

"따라다니는 것만으로도 미워할 이유는 충분하다고 봅니다만."

"방해는 하지 않고 있잖아요? 적당히 거리도 유지하고 있고. 지금이야 뭐, 서로 휴식하는 시간이니까."

42분. 거리가 가깝다. 박희연은 바로 코앞에 있었다. 앞으로 1분, 아니 30초. 대비했다. 앞으로 몇 초 후면 바바론가가 나타난다. 하지만 박희연이 너무 가깝다. 바바론가가 나타난다면, 그녀도 바로 바바론가를 향해 달려들 것이다. 우현은 슬며시 몸을 일으켰다. 15초. 굽히고 있던 허리를 피면서 박희연을 힐끗 보았다.

"가시려구요?"

박희연이 물었다. 대답하지 않았다. 5초.

"예."

3, 2, 1.

콰지직!

무언가가 박살나는 소리. 우현은 이 소리를 알고 있었다. 박희연의 눈이 크게 뜨이는 것을 보고, 우현의 머리가 돌아갔다. 머리를 돌린 순간 그는 이미 발을 뻗고 있었다. 상대는 B급 헌터. 자신은 F급 헌터. 몸 상태는 어떻지? 나쁘지 않다. 이곳까지 도달하면서 투기의 양은 조절했고 무리하지도 않았다. 몇 분 간 앉아 휴식하는 것으로 몸의 피로와 투기를 가다듬었다. 베스트는 아니다. 나쁘지 않다.

부족한가? 뻗은 발이 땅에 닿았다. 경직된 박희연의 얼굴이 보인다. 그녀는 저 장소에, 지금 시간에 바바론가가 출현한다는 사실을 알지 못했다. 갑작스러운 몬스터의 출현이 그녀를 놀라게 했다. 놀람은 경직으로, 그녀는 지금 무뎌졌다. 무딤이 움직임을 만들지 못했다. 그녀의 발은 아직 땅을 딛고 있다. 그녀는 움직이지 않는다.

그것이 거리를 벌린다. 우현의 발이 크게 땅을 밟았다. 완전히 돌린 머리가 조금 떨어진 곳을 본다. 허공에 균열이 가는 것이 보였다. 그것이 박살나 공간의 파편이 떨어진다. 박살난 균열 너머로 보이는 것은 시커먼 어둠. 거기서 큼직한 발이 튀어나온다. 말발굽이 땅을 찍었다. 주변의 바위와 모여 만들어진 베드로사와는 사뭇 다른 등장이다.

우현은 저런 출현을 알고 있다. 판도라에 처음 들어갔을 때, 그곳에 몬스터는 없었다. 토벌대가 모두 판데모니엄에 들어가고 나서야 공간을 박살내고 괴물이 나타났다.

"이런…!"

뒤늦게 박희연이 반응했다. 바바론가! 그녀는 몸이 싸늘하게 식는 것을 느꼈다. 설마 여기서 바바론가가 출현할 줄이야.

쿠웅!

말의 다리에 사람의 몸이 합쳐진 괴물이 땅에 떨어졌다. 공간의 균열을 완전히 빠져나온 바바론가는 양 손에 든 검을 크게 들면서 고함을 질렀다. 박희연은 먼저 박차고 뛰어나간 우현의 등을 보았다.

"쯧…!"

여기서 바바론가가 나타나는 것은 생각하지도 않았지만, 오히려 찬스다. 운이 좋았다. 박희연은 땅을 박차고 앞으로 달려나갔다. 네임드 몬스터를 포착한다면 그 뒤는 경쟁이다. 누가 먼저 네임드 몬스터에게 선공을 가하는가. 누가 먼저 네임드 몬스터의 적으로 표적되는가. 출발이 조금 늦긴 했지만 상관없다. 고작해야 몇 초다. 그 정도의 로스트 타임은 이쪽의 가속으로 충분히 커버할 수 있다. 박희연은 투기를 끌어 올렸다. 달리는 다리에 투기가 스며들고 그녀는 더욱 가속했다. 상대는 F급 헌터. 뛰어난 재능과 장비를 갖추고 있지만, 그래봤자 헌터가 된 지 한 달도 되지 않은 애송이다. B급 헌터인 박희연이 추월하지 못할 이유는 없다.

그럴 터인데.

'잡을 수 없어…?'

벌어드는 거리를 상당히 줄였지만 잡을 수 없다. 오히려 저쪽은 더 빨라진 듯 하다. 속도를 더욱 올려도 거리가 더 벌어지지 않도록 하는 것이 고작이다. 장거리는 모르겠지만 이 거리라면 가속이 부족하다.

"자, 잠깐…!"

박희연이 당황하여 외치는 소리가 뒷머리에 붙었다. 듣지 않는다. 돌아보지도 않는다. 거리는 이제 코앞이다. 바바론가를 올려 본다. 높군. 이목을 끌기 위해서는 어쩔 수 없나. 우현은 양 손을 옆으로 뻗었다. 열린 아공간에서 파브니르가 튀어나왔다. 그것을 쥐고, 곧바로 투기를 불어넣는다. 파브니르의 검신이 시뻘겋게 물들었다.

"무리에요! F급 헌터가 두 명인 삼인 파티로 네임드 몬스터를…."

그건 당신네 사정이고. 우현은 작은 목소리로 중얼거렸다. 양보할 생각은 없다. 포착한 이상 놈은 먹잇감일 뿐이다. 우현은 다리에 힘을 주었다.

파악!

우현은 높이 도약했다. 바바론가의 눈이 우현을 보았다.

"자살행위야…!"

박희연이 외쳤다. 뭐, 어쩌라고. 우현은 크게 숨을 들이키면서 파브니르를 휘둘렀다.

쩌엉!

크게 휘두른 검이 바바론가의 머리를 후려쳤다. 방어
벽에 가로막힌다. 문제없다. 놈은 우현을 보았다. 선공
을 넣는 것은 박희연이 아닌 우현이다. 막힌 공격에 휘
청거리는 몸을 다듬고 아래로 떨어진다. 바바론가의 행
동을 본다. 놈의 흉폭한 눈이 무엇을 보는가. 우현을 보
았다. 위로 솟구친 두 개의 검이 우현을 향해 떨어졌다.

"강선하!"

우현은 있는 힘을 다해 그녀의 이름을 외쳤다. 외칠
필요도 없었다. 선하는 이미 움직이고 있었다. 그녀는
몸을 바짝 낮추고 쿠모고로시를 쥔 체 바바론가를 향해
내달렸다.

"자, 잡을 생각입니까?!"

김연철이 혼란스러운 얼굴로 선하의 뒤를 따랐다.

"잡습니다."

그 대답에 김연철은 이해할 수가 없다는 표정을 지었다.

"저희는 셋입니다. 이건 정말 자살행위…."

"해 보지 않고서는 모르는 겁니다. 이건 기회예요."

선하의 시선이 김연철을 힐끗 보았다.

"기회를 걷어차고 싶습니까?"

그 말에 김연철의 눈이 흔들렸다.

"빌어먹을."

대신, 그는 낮은 목소리로 욕설을 뱉었다. 기회. 그것이 눈앞에 왔다고 느낀 적은 한 번도 없었는데. 그는 등에 걸친 해머를 꽉 쥐었다.

기회인지, 자살인지. 그는 아직 그것을 분간할 수가 없었다.

콰앙!

바바론가가 내리찍은 양검이 땅을 박살냈다. 가속하여 그것을 피해낸 우현은 뒤로 물러서지 않았다. 그의 회피는 뒤로 가는 것이 아니라 앞으로 파고드는 것이었다. 바바론가의 다리 사이로 들어간 우현은 몸을 빙글 돌리며 파브니르를 크게 휘둘렀다.

카가각!

원을 그린 검격이 바바론가의 방어벽을 긁었다.

'딜러가 아니야. 탱커다. 탱킹을 해야 해.'

서브 탱커는 없다. 로테이션을 돌릴 수도 없다. 체력 분배에 신경 써야 한다. 이쪽이 탱커인 이상 몬스터의 거의 모든 공격을 나를 노리고 들어온다. 긴장을 놓지 마라. 이 장비로 방어는 불가능하다. 피한다. 들어오는 모든 공격을 피한다.

감각을 활짝 열어라.

연격, 연격. 묵직하고 느린 공격을 해오던 베드로사

와는 다르다. 우현은 쉬지도 않고 움직였다. 자신의 심장 소리가 귀에 들릴 정도로 집중했다. 바바론가는 양손에 든 검을 미친 듯이 휘두르면서 우현을 공격했다. 닿지 않는다. 발을 비벼 끈다. 뒤꿈치를 들고, 앞발로 서서 땅을 튕긴다. 무릎을 꺾고, 허리를 비틀고. 상체를 상하좌우로. 관절의 움직임을 살짝 바꾸는 것만으로도 사람의 몸은 전혀 다른 방향으로 움직인다.

"…저게 뭐야?"

박희연은 멍하니 서서 우현을 바라보았다. 저건 자살 행위다. F급이 두 명인 삼인 파티. 그 중 하나도 장비를 보니 D급도 되지 못하는 수준인 듯 했다. 그런 셋이서 바바론가를 잡겠다고? 불가능하다. 바바론가는 결코 난이도가 낮은 보스가 아니다.

그런데, 저건 뭐지? 박희연은 바바론가의 정면에서 중심을 잡는 우현을 보았다. 바바론가가 휘두르는 쌍검은 우현의 몸에 단 한 번도 닿지 않았다. 닿았다, 죽었다. 그렇게 생각한 순간, 우현은 이미 그것을 피해 있었다. 그리고서는 바로 파고들어서 바바론가의 몸에 검을 휘두른다. 다른 쪽을 보았다. 왼쪽에 해머. 공격, 공격. 묵직하게 휘두르는 해머가 방어벽을 두드린다. 오른쪽에 강선하. 쾌검이다. 날렵하게 휘두르는 공격이 바바론가의 몸으로 파고든다. 공격에 집중하고 있다. 저런 위험천만한 탱킹을 믿을 수 있다는 건가.

"어… 어떡하죠?"

황인철이 불안한 목소리로 물었다. 박희연은 대답하지 않았다. 그녀는 홀린 듯이 우현의 움직임을 보았다. 닿을 듯 닿지 않는다. 위험해. 자살행위야. 언제 공격에 맞아도 이상하지 않은데.

자꾸 닿지 않는다.

"저… 저기."

"입 닥쳐."

박희연이 소곤거렸다. 그 말에 황인철이 흠칫 놀라며 턱을 당겼다. 박희연은 황인철에게 시선 하나 주지 않고 우현의 움직임을 빤히 보았다.

"말 걸지 마. 집중 안 되니까."

빠르다. 숨이 턱 막혔다. 쉬지 않고 몸을 움직여대고 있으니 어쩔 수 없었다. 아무리 육체를 강화해도 한계는 존재한다. 육체의 강화는 인체가 갖는 한계를 뒤로 당겨줄 뿐이다.

체력 조절. 그것에 중심을 두고 회피. 방어는 안 돼, 여기서 공격을 받았다가는 밸런스가 무너진다. 탱커는 파티의 중심이다. 파티의 모든 행동은 탱커를 중심으로 돌아간다. 탱커는 흔들려서는 안 된다. 우현은 까득 이를 갈았다.

터엉!

비벼 끈 발이 땅을 튕겼다. 살짝 떠오른 몸을 비틀어서 검을 휘둘렀다.

카각!

휘두른 검은 방어벽을 뚫지 못한다. 바바론가의 검이 땅에 박혔다. 머뭇거리지 마. 긴장 풀지도 말고. 우현은 스스로에게 중얼거렸다. 옆구리로 예리한 공기가 날아왔다. 활짝 열린 감각이 그를 캐치했다. 생각할 것도 없이 몸을 날렸다. 정답이었다. 바바론가의 검이 우현이 있던 자리를 베어버렸다. 몸을 날리지 않았다면 양단되었을 것이다. 어쩌면 라크로시아의 갑옷이 버텨주었을지도 모르고.

땅을 뒹굴었다. 바바론가의 다리 사이로 들어왔다. 이 위치는 안 돼. 바바론가가 나를 보지 못하니까. 놈의 시선을 끌어야 해. 잠깐, 그 전에 땀을 좀 닦자. 우현은 머리를 흔들었다. 닦는 것보다 터는 것이 빨라. 땀방울이 튀었다. 선하와 눈이 마주쳤다.

괜찮아?

응.

목소리를 내지 않고 시선으로 대화를 나누었다. 선하가 살짝 머리를 끄덕거렸다. 허세를 부려 버렸군. 우현은 발을 튕겼다. 그는 다시 바바론가의 앞으로 나왔다.

"존나 힘든데."

작게 중얼거리면서 검을 잡았다. 밸런스를 유지하는 것만으로도 벅차다. 방어형 탱커와는 달리 공격형은 조금도 쉬지 않고 움직여야 한다. 내구력과 흡수가 좋은 장비는 없다. 방패도 없다. 얇은 갑옷, 공격력이 좋은 검.

그리고 속도.

휘청거리는 몸에 탄력을 주었다. 과하게 움직이지 않는다. 전체를 움직였다가는 그만큼 체력이 소모될 뿐이다. 뛰지 마. 최소한으로 움직여라. 스스로에게 계속 어드바이스를 주었다. 움직이는 것은 우현이다.

명령하는 것은 호정이다.

콰앙!

바바론가의 몸이 조금 휘청거렸다. 김연철은 숨을 몰아쉬면서 해머를 옆으로 돌렸다. 전신의 근육이 힘을 뿜었다.

콰앙!

다시 한 번, 묵직한 일격이 바바론가를 두들겼다. 방어벽 너머로 전해지는 충격에 바바론가의 다리가 비틀거렸다. 놈의 시선이 김연철을 보려는 순간.

"뒤!"

우현이 고함을 질렀다. 김연철은 등신이 아니었다. 우현의 신호에 김연철은 바로 뒤로 물러섰다.

꽈앙!

바바론가가 휘두른 검이 김연철이 있던 자리를 내리찍었다.

'어그로가 튀었어, 병신새끼…!'

자신에게 하는 질책이었다. 따각거리는 발굽소리, 바바론가가 몸을 돌린다. 거리를 주어서는 안 돼. 저런 형태는 돌진 공격이 주 무기다. 거리를 벌리고 다리의 장기를 살린다면 지금의 우현으로서는 쫓을 수 없다.

그러니까,

"거리 벌려!"

우현이 외쳤다. 그 말에 선하도 공격을 멈추고 뒤로 물러섰다. 바바론가는 발굽으로 땅을 두드리면서 김연철을 노려보았다. 긴장한 얼굴로 김연철이 해머를 잡았다. 어그로가 튀었다. 공격에 너무 집중했다. 김연철이 앞으로 나서려는 순간, 우현이 그를 가로막았다.

"뒤로"

우현이 중얼거렸다. 그 말에 김연철은 흠칫 놀라더니 머리를 끄덕거렸다. 그가 몇 걸음 뒤로 물러섰다. 바바론가가 눈을 빛내며 이를 드러냈다. 낮게 으릉거리는 소리, 우현은 발을 앞으로 끌었다.

'아직 얕아.'

교전이 시작하고서 20분 정도 지났나. 아직 방어벽

도 뚫지 못했다. 좋은 무기를 껴도 투기의 총량이 너무 적어. 역시 투기를 더 늘려야 돼. 지금 양으로는 전력을 다해도 30분도 움직이지 못할 것이다. 제법 조절해서 20분, 땀이 흐르기 시작했다.

'어떻게든 버틴다면 앞으로 30분 정도인가.'

20분 동안 방어벽도 뚫지 못했는데. 30분 안에 토벌이 가능할까. 탱킹의 문제가 아니다. 딜이 부족해. 우현은 혀를 찼다. 선하와 김연철이 공격을 늘릴 수는 없다.

"다시."

우현이 입을 열었다. 탱킹에 문제는 없다. 버틸 수 있다. 공격을 받지 않고, 놈의 시선을 끌 수 있다. 하지만 버티는 것과 잡는 것은 다르다. 버티는 동안 잡아야 하는데, 지금의 선에서는 잡을 수 없다.

그렇다면 이쪽이 조금 더 올릴까. 우현은 크게 숨을 내뱉었다. 몸을 덮고 있던 얇은 투기의 장막을 거둔다. 이쪽의 밸런스를 바꾼다. 방어를 도외시하고 공격만. 회피의 속도를 조금 늦춘다. 그렇게 덜어낸 만큼 공격에 더 몰아넣는다. 조정은 곧바로 이루어졌다. 뭘, 투기의 밸런스만 바꾸면 된다. 그 정도의 컨트롤은 이미 익숙해졌다.

"…대단해."

멀찍이서 그를 보고 있던 박희연이 중얼거렸다. 입

닥치라는 박희연의 말에 얌전히 입술을 다물고 있던 황인철은 미간을 씰룩거리며 박희연 쪽을 힐끗 보았다.

대단해? 그 말은 어느 정도 인정한다. 저 F급이 F급 같지 않을 정도로 괴물이라는 것도 인정한다. 바바론가를 상대로 정면에서 탱킹을 하는 것. 게다가 공격형 탱킹이라니. 바바론가는 난이도가 높은 네임드 몬스터다. 공격 패턴도 까다롭고 예민한지라 어그로가 튀는 경우도 잦다.

'3명이서 20분 동안 교전. 거기서 어그로가 튄 것은 딱 한 번 뿐.'

F급이라고는 믿을 수 없을 정도로 어그로 관리가 뛰어나다. 게다가 회피 동작. 눈으로 쫓는 것이 힘들 정도로 빨랐다. 안목이 뛰어난 것은 아니지만 저 녀석이 F급의 수준이 아니라는 것은 알겠다.

하지만 말하는 타이밍이 이상해. 황인철은 박희연 쪽을 힐끗 보았다. 박희연은 미간을 찡그리고서 우현을 바라보고 있었다. 교전은 잠깐 멈추었다. 어그로가 튀어 딜러를 물러나게 하고 탱커가 네임드 몬스터와 일대일로 마주보고 있다. 보통의 경우라면 여기서 탱커 혼자 나서서 네임드 몬스터의 어그로를 다시 끈다. 그렇게 어그로가 안정된다면 다시 딜러가 포지션을 맞춘다.

'투기의 밸런스를 바꿨어.'

투기는 헌터에게 다양한 방법으로 작용된다. 시작은

무기에 투기를 싣는 것. 그것이 발전한다면 투기를 몸에 두르는 방어도 가능하다. 거기서 세밀한 컨트롤이 추가되어 투기를 통해 육체를 강화하는 단계로 넘어간다.

육체 강화라는 것은 육체의 한계치에 플러스를 붙이는 것이다. 힘이 걸리는 허들을 위로 높인다. 부족한 힘을 더한다. 더 빠르게, 더 강하게, 더 단단하게.

그 이후는 응용의 영역이다. 밸런스를 어디에 두는가. 힘에? 속도에? 아니면 내구도? 지구력? 포지션이 탱커라면 투기의 밸런스는 내구도를 메인으로 두고 여유분을 다른 곳으로 돌린다. 딜러라면 힘에 메인을 둔다. 스타일에 따라 속도와 내구력에 두는 경우도 있다. 투기의 밸런스는 자신의 스타일에 맞춘다. 그 스타일을 만드는 것은 경험이다.

완벽하게 밸런스를 잡는 것은 어렵다. 어느 한쪽의 균형이 무너진다면 실전에서는 돌이킬 수가 없다. 밸런스를 맞추는 것은 많은 경험과 노력, 그리고 숙달작업이 필요하다.

'경력 한 달. 등급은 F. 하지만 투기 운용이 말도 안돼.'

움직이는 것을 보고 밸런스의 형태를 어림짐작했다. 공격에 2, 방어에 3, 속도에 3, 힘이 1, 체력에 1. 그 정도 되겠지. 하지만 방어벽이 사라졌다. 탱킹할 생각이 없는 건가? 그렇다면 버틸 수 없을 텐데.

어그로의 관리는 간단하다. 네임드 몬스터의 이목을 끄는 것이다. RPG 게임의 개념과 같다. 하지만 상대는 프로그램으로 짜여진 몬스터가 아니다. 패턴은 고정되어 있지 않고 개체의 성향이나 상황에 따라 얼마든지 돌발행동을 벌인다.

탱커의 존재는 그런 돌발행동을 억제하기 위함이다. 정면에 선다. 몬스터의 이목을 끈다. 놈의 공격을 정면으로 향하게 한다. 놈의 움직임을 억제한다.

물론 탱커가 없는 파티가 없는 것은 아니다. 파티원모두가 딜러 포지션으로 들어가고 사방에서 공격을 퍼붓는다. 안전성이 떨어지기는 하지만 몬스터를 잡는 속도는 오히려 이쪽이 더 빠르다.

'하지만 저 파티는 안 돼. 다들 너무 약하니까.'

딜러 파티에 중요한 것은 파티원들의 밸런스다. 저 파티는 안 된다. 중심을 잡아주지 않는다면 바바론가가 미쳐 날뛸 것이다. 박희연은 혀를 차면서 검을 잡았다. 난입할까?

밸런스를 재조정했다. 방어에 소모되는 투기를 다른 곳으로 돌린다. 설마 이렇게까지 할 것이라고는 생각하지 못했는데.

'제대로 된 파티원이 올 것이라고 생각했으니까.'

김연철은 나쁘지 않다. 하지만 좋은 것도 아니야. 장비가 너무 나빠. 고정 파티로 집어 넣는다면 장비의 재조정이 필요해. 선하의 공격은 뛰어나다. 하지만 김연철이 딜러로서 너무 떨어져. 무기의 성능이 너무 차이 난다. 거기서 딜 로스가 발생한다.

그렇다면 딜 로스를 메운다. 조금 무리해야겠군. 우현은 호흡을 골랐다. 관객이 너무 많아. 박희연 쪽을 힐끗 본다. 어쩔 수 없어. 입으로 뱉어 중얼거렸다. 직접 쓰는 것은 오랜만인데, 될는지 모르겠군.

옛날의 기억을 떠올렸다. 호정이었을 때의 기억이다. 스스로를 재능이 있다고 느낀 적은 없었다. 우현은 말할 것도 없고, 호정의 때에도 그랬다. 남들보다 먼저 헌터가 되었을 뿐이고, 남들보다 먼저 던전에 들어와서 헌터로서 싸웠을 뿐이다. 그 앞선 경험이 더 멀리 가게 해주고, 정신을 차리고 보니 A급 헌터가 되어 있었다.

남들보다 체격이 크게 좋은 것도 아니었고, 신체 피지컬이 뛰어난 것도 아니었다. 전투 센스가 특별할 것도 없었다. 투기를 다루는 것이 특출나지도 않았다.

하지만 경험은 나름의 노하우를 만들었다.

간단히 말하자면 이것은 밸런스의 고속전환이다. 투기를 쉬지도 않고 움직이며 밸런스의 중심을 바꾼다.

아이디어를 내고 나서 몇 번이나 실험했다. 처음에는 하급 던전의 일반 몬스터를 상대로. 잘 될 리가 없었다. 밸런스를 맞추는 것은 고난이도의 작업이다. 밸런스가 무너져서 자신의 공격에 휘청거리기도 하고, 죽을 뻔 한 위기도 여러 번 겪었다.

"…스위치."

그것이 완전히 숙달되었을 때에, A급 헌터였던 그는 SS급이 되었다. 투기가 움직인다. 예리하게 선 감각이 몸 안의 움직임을 직시한다. 방어는 0으로. 자아, 그러 면 어디로 갈까. 밸런스가 0이 된 몸은 평소의 몸 그대 로다. 우현은 성큼거리며 앞으로 걸었다. 바바론가가 우현을 내려 보았다.

'이 몸으로 써 보는 것은 처음이야. 일단은 살살 갈까.'

예전과는 달라. 엔진이 낼 수 있는 힘이 너무 약해. 그걸 감안한다. 30분이라고 잡기는 했지만 전력으로 간 다면 20분 정도가 고작이다.

10분 안에 바바론가의 방어벽을 부순다.

'그 기술은 잡기(雜技)야.'

그런 말을 들었다. 다른 사람이 했다면 개소리하지 말라고 욕을 했을 텐데. '그'에게 그 말을 들었을 때, 우 현은 반박할 수가 없었다. 유일무이했던 SSS급 헌터에 게 그런 말을 들었다. 분했다. 반박하지 못한 자신이 분하기 그지 없었다. 그리고 인정했다. 스위치는 잡기다. 전투센스도 없고 피지컬도 떨어지니 어떻게든 그를 보완하기 위해 만들었을 뿐이다.

그리고 그 SSS급은 우현의 앞에서 죽었다. 데루가 마키나의 이빨에 씹혀 짓이겨져서. 이렇게 돌아올 기회가 있었더라면, 나보다 당신이 돌아왔어야 했어. 적어도 당신은 잡기에 의존하지 않을 정도로 강했으니까.

하지만 나는 그렇지 않으니, 잡기라도 써야 해.

고속. 스위치를 바꿨다. 뻗은 발이 땅을 박찼다. '빨라.' 박희연의 눈이 부릅 떠졌다. 순식간에 앞으로 쏘아진 우현이 바바론가의 전면으로 튀어나갔다.

"포지션 잡아!"

우현이 외쳤다. 벌써? 아직 어그로가 고정되지도 않았는데. 그런 의문을 씹어 누른다. 파티의 탱커는 우현이다. 반박은 시간을 끌 뿐이다. 선하는 곧바로 움직였다. 김연철 역시 선하의 뒤를 따랐다.

바바론가의 고함과 함께 검이 떨어졌다. 하지만 느리다. 검이 떨어진 순간 가속을 멈추고 발을 뒤로 팅긴다. 살짝 떠오른 몸이 검이 떨어짐으로서 흔들리는 땅을 무시한다. 검을 잡은 팔을 본다.

발을 뻗었다. 박희연이 흠칫 놀라 어깨를 움츠렸다. 우현의 발이 달렸다. 꽂힌 검 위로, 바바론가의 팔 위로.

순식간에 위로 오른 몸이 바바론가의 머리까지 닿았다.

"무모⋯."

모두가 그것을 떠올렸다. 무모하다고. 저것은 이미 탱킹이라고 볼 수 없다. 경악한 것은 바바론가 역시 마찬가지였다. 우현은 부릅 뜬 눈으로 자신을 보는 바바론가의 얼굴을 보며 소곤거렸다.

"봤지?"

내가 탱커니까, 날 공격해. 소곤거림과 함께 다시 스위치를 바꾼다. 속도에서 공격으로.

꽈아앙!

묵직한 일격이 바바론가의 머리를 후려쳤다.

바바론가의 몸이 크게 휘청거렸다. 모두가 경악한 얼굴로 우현을 보았다. 무거워. 박희연은 침을 꿀꺽 삼켰다. 단순히 크게 휘둘렀을 뿐이다. 무기는 검이다. 그런데, 그렇게 휘두른 검이 저 커다란 바바론가의 몸을 통째로 흔든 것이다.

'밸런스가 맞지 않아. 어떻게?'

속도와 힘의 균형이 맞지 않아. 박희연은 이해할 수가 없었다. 저렇게 극단적으로 치우친 밸런스는 처음 본다. 박희연의 불이해 속에서 바바론가가 균형을 잡았다. 바바론가의 부릅 뜬 눈이 우현을 쏘아보았다. 아래로 떨어지던 우현은 놈의 시선을 받고 웃었다.

"봤네."

중얼거림과 함께 우현의 발이 땅에 닿았다. 다시, 스위치를 바꾼다. 힘에서 속도다.

꽈앙!

머리 위로 떨어진 바바론가의 검이 땅을 박살냈다. 하지만 우현은 그곳에 없었다. 극단적으로 속도에 투기를 몰아넣었다. 그 가속에 비해 바바론가의 공격은 너무 느리다. 바바론가는 여유롭게 공격에서 빠져나온 우현을 보고서 눈을 부들거리며 떨었다.

다시 검을 휘둘렀다. 하지만 느리다. 가속 스위치를 켠 우현의 몸은 속도를 제외하면 별 볼 일 없다. 단순한 인간 수준. 거기에 방어구만 입은 정도다. 바바론가의 공격을 맞는다면, 라크로시아의 갑옷 덕분에 일격에 죽지는 않아도 맞은 부위가 박살날 것이다.

하지만 맞지 않으면 된다. 속도와 반사신경. 바바론가가 미친 듯이 휘두르는 검이 우현에게 맞는 일은 없었다. 이런 세계는 오랜만이었다. 순식간에 시야가 반전되고 주변 풍경이 획획 돌아가는 가속세계. 다행히 이 몸으로 어지러운 멀미는 느끼지 않았다.

'그건 다행이군.'

선하와 김연철을 본다. 아까 전의 일격이 바바론가의 이목을 확실히 끌어 준 덕분에, 둘은 공격에 집중하고 있었다. 하지만 부족해. 딜러 진의 균형이 맞지 않아. 딜 로스는 우현이 커버해야 한다. 스위치를 적극적으로 사용하여 싸울 수 있는 것은 현재 투기량으로는 약 20분. 10분 안에 바바론가의 방어벽을 부순다.

그러니, 다시 스위치를 바꾼다.

바바론가의 검이 떨어진 순간이었다. 몸을 비틀어 가속, 검의 틈으로 파고 들었다. 노리는 것은 바바론가의 다리. 놈은 너무 높으니, 다리를 박살내서 넘어 트려야 한다. 속도에서 힘으로. 투기가 빠르게 움직였다. 전신에 흐르는 투기의 움직임을 컨트롤하면서 바꾼 스위치를 위로 올린다. 더, 더. 전신 근육에 투기를 불어넣는다. 뼈를 강화한다. 자신의 공격에 휘둘릴 수는 없으니까. 극단적으로 맞춘 밸런스는 양날의 검이다. 한 가지밖에 할 수 없다.

투기의 고속 변환, 스위치를 사용하는 것에 필수적인 것은 상황에 알맞은 밸런스를 학습하는 것. 그 극단적인 밸런스에 익숙해지는 것. 그리고,

타이밍이다. 피할 타이밍, 공격할 타이밍, 버틸 타이밍. 알고 있다. 배틀 센스가 떨어지는 호정은 천재라 불리는 놈들처럼 익숙하게 몬스터의 틈을 파고 들 수 없었다. 부족한 배틀 센스는 경험으로 커버했다. 그 경험은 몇 번 몇 십 번의 반복으로 만들어졌다.

켄타우로스. 대형 몬스터. 쌍검. 기억을 헤집는다. 나는 너를 알고 있다. 바바론가라 불리는 놈은 모르지만, 저렇게 생긴 몬스터는 알고 있다. 쌍검을 휘두르는 대형 몬스터도 알고 있다. 단편적인 정보를 종합하여 가상의 몬스터를 만든다.

바바론가를 머릿속에 그린다. 타이밍을 잡았다. 지금은 공격이다. 남은 시간은 10분. 아니, 시간이 흘러서 이제는 8분 남짓인가.

'충분해.'

허리를 비틀고, 팔을 뒤로. 온 힘을 끌어 모았다. 몸이 박살날 것 같은 예감이 들었다. 아니, 박살나지 않는다. 경험이 그를 알려주었다. 지금의 나는 부서지지 않는다.

아직 부서질 수 없다.

꽈아앙!

검이 휘둘러졌다. 내는 소리는 검이 아니라 대포라 해도 믿을 정도였다. 바바론가의 몸이 크게 휘청거렸다. 방어벽은 뚫리지 않았다. 하지만 손아귀에 감기는 감촉. 저릿한 통증 너머의 '뚫리는 감각.' 그를 놓치지는 않는다.

'한 번 더.'

나무꾼의 심정이 되었다. 도끼질을 하는 것처럼.

꽈앙!

방금 전보다 더 큰 소리가 공기를 흔들었다. 바바론 가의 몸이 비틀거리며 옆으로 밀려났다. 경악한 선하와 김연철의 시선을 받고서.

"공격 안 합니까?"

갈라진 목소리로 내뱉었다. 빠질 타이밍이로군. 스위치를 바꾼다. 뻐근한 통증을 누른다. 근육통으로 고생하겠군. 육체의 조율이 부족해.

파악!

거리를 벌린다. 바바론가의 눈에 핏발이 섰다. 이글거리는 야성이 놈의 이성을 흐리게 만들었다. 벌레처럼 작은 인간이 자신을 공격하고 있다.

바바론가가 앞발을 높이 들었다. 내리 찍는다.

꽈앙!

땅이 뒤흔들렸다. 가속, 거리를 크게 벌렸다. 이 거리라면 놈의 검은 닿지 않는다. 무너진 자세를 추스르고 다시 가속했다. 달라붙은 거리는 가깝다. 바바론가의 검이 우현의 목으로 날아왔다. 저 대검에 맞는다면 목이 잘리는 것이 아니라 몸이 박살날 것이다. 맞지 않으면 된다. 허리를 굽혀 파고든다. 막을 생각은 없다. 물러설 생각도 없다. 이런 공격이라면 피해서 파고들 수 있다. 파고드는 것이 다시 공격의 타이밍을 만든다.

스위치. 시뻘겋게 달아오른 파브니르의 검신은 그 자

체가 불꽃처럼 보였다. 달아오른 공기가 일렁거리면서 열풍이 몰아쳤다. 일검. 붉은 검격이 몰아쳤다. 일검으로 끝낼 생각은 없다. 방어는 버렸다.

거기서 다시 스위치를 바꾼다. 검을 휘두르고, 충격이 전해지는 순간 힘을 속도로 바꾼다. 몸을 비튼다. 공격에 가속을 붙인다. 회전이 더해지는 순간 다시 스위치를 바꾼다. 힘.

콰아앙!

지금까지보다 더 큰 충격이 바바론가의 몸을 뒤흔들었다.

멈추면 안 돼. 전신 근육이 비명을 질렀다. 입 닥쳐, 집중해야 하니깐. 붉은 폭풍이 몰아쳤다. 집중, 집중. 시야가 무한히 돌았다. 양 팔이, 허리가, 다리가 뜯겨져 나가는 것 같았다. 버텨. 스스로에게 자기 암시를 걸었다. 찰나의 찰나에 스위치는 계속해서 바뀐다. 똑, 딱, 똑, 딱. 힘에서 속도로, 속도에서 힘으로. 미치광이같은 연격이 이어졌다. 휘청거리며 밀려나던 바바론가가 발악하듯 고함을 질렀다. 바바론가의 검이 떨어졌다. 잔뜩 곤두선 감각은 그를 놓치지 않았다. 떨어지는 검을 본다.

스위치가 진정 빛을 발하는 것은 카운터를 처먹일 때다.

검이 떨어졌다. 몸을 비틀었다. 바바론가의 검이 아

슬하게 우현의 몸을 스쳤다. 속도에서 힘으로 스위치가
바뀐다. 바바론가의 공격에 실린 힘, 그것을 그대로 돌
려서 깊이 찔렀다.

콰직!

손 끝에 감각이 확실히 전해졌다. 바바론가가 비명을
지르며 펄쩍 뛰었다. 살짝 닿은 느낌이 있었다. 놓치지
않는다. 헐떡거리는 호흡을 참고서 더, 더 깊이. 입 안
에서 감도는 비릿한 피의 맛과, 손아귀의 욱신거리는
통증. 당분간 몬스터 사냥은 무리다.

콰아악!

위로 휘둘러 친 검이 바바론가의 방어벽과 부딪혔다.
얼마 남지 않았다. 손에 느껴지는 감촉을 확인하고서,
한 번, 발을 뒤로. 거기서 다시 스위치. 파고든다.

기세를 잡았다. 몰아붙일 수 있을 때 몰아 붙여야 한
다. 시간이 얼마나 지났지? 3분 정도 남았군. 부술 수
있다. 우현은 그를 확신했다. 그리고 그 확신은 우현만
느끼는 것이 아니었다. 선하도, 김연철도. 다들 필사적
인 표정으로 공격을 몰아 붙였다.

그러니까, 더.

화끈한 열기가 몸을 뜨겁게 만들었다. 피가 부글거리
면서 끓었다. 근육이, 뼈가 비명을 질렀다. 참아. 고작
해야 23번 던전이다. 앞으로 갈 길이 멀어. 그러니까,

더. 공격을 멈추지 않는다. 땅이 흔들거렸다. 우현의 검에 맞으며 바바론가가 휘청거리는 탓이다. 방어벽이 갈라지기 시작했다. 바바론가도 그를 예감했다. 놈은 비명에 가까운 고함을 지르며 거리를 벌리려 했다.

꽈앙!

김연철의 해머가 바바론가의 뒷다리를 후려 갈겼다. 놓치지 않는다. 실수는 아까 한 번으로 족하다. 선하 역시 곧 바바론가의 방어벽이 부서질 것을 예감했다. 그녀는 이를 악 물고 양 손에 쥔 태도를 휘둘렀다.

정신이 하얗게 물든다. 바바론가의 몸이 휘청거리는 것이 보였다. 뜨겁게 달아오른 검신이 공기를 가르는 것, 공기 중의 수분이 증발한다. 희뿌연 연기를 가른다. 바바론가의 몸을 두드린다. 붉은 색. 열기에 달아오른 파브니르의 색.

촤악!

무언가가 우현의 얼굴에 튀었다. 혀를 내밀어 입술을 핥았다.

피다.

붉은 빛이 더 진해졌다. 스위치, 스위치. 쉬지 않고 움직이는 투기가 계속해서 밸런스를 바꾼다. 멀미가 났다. 토하고 싶어. 눌러 삼켰다. 방어벽은 깨졌다. 노리는 것은 다리. 다리를 끊는다. 놈을 넘어트린다. 놈의 머리는 너무 높으니, 닿기 힘들다. 그러니 놈을 내려오게 해야 해. 선하와 김연철도 그를 느꼈다. 단단한 놈의 몸으로 공격이 퍼부어졌다.

방어벽을 잃었다 해도 네임드 몬스터는 그 자체의 육체로도 충분히 단단하다. 가죽도, 근육도, 뼈도. 부수기 힘들다. 하지만 방어벽이 있을 때와 없을 때는 큰 차이가 있다.

방어벽을 잃은 놈은 통증을 느낀다. 통증은 정신을 흐리게 하고 육체의 통제권을 가늘게 만든다. 고통에 미쳐 날뛰는 몬스터는 발악한다. 사방으로 날뛰며 공격하고 도망치려 한다.

놓치지 않는다. 기껏 다 잡아 놓았는데 놓쳤다가는 홧병으로 죽어버릴 테니까. 이렇게 개고생을 했는데 어찌 놓칠 텐가. 그러니까, 도망치지 않도록 다리를 자르는 것이 중요한 것이다. 전신이 피로 젖었다. 멈추지 않고 휘두른 검이 바바론가의 다리에 계속해서 꽂혔다.

가죽을 찍고, 한 번 더 찍어서 가죽을 찢고, 한 번 더 찍어서 근육을 찍고, 한 번 더 찍어서 근육을 찢고. 계속, 계속. 피가 튀었다. 바바론가가 발버둥쳤다. 놈은 어떻게든 우현을 떨쳐내려 검을 내리 찍었다. 공격에만 집중하지는 않는다. 스위치. 뒤로 물러서고, 몸을 돌려서 다시 한 번 파고든다. 공격을 집중한다. 집요하게 달라붙었다. 쾅, 쾅. 파브니르가 도끼처럼 바바론가의 다리를 내리 찍었다. 피가 증발하고, 살이 타고. 그런 역한 냄새가 코를 찔렀다. 얼굴이 화끈거렸다. 화상이라도 입는 기분이었다.

써걱!

가장 먼저 바바론가의 앞 다리가 잘렸다. 놈의 몸이 크게 휘청거리면서 앞으로 엎어졌다. 스위치를 바꿔 고속으로, 쓰러지는 바바론가의 몸에서 벗어난다.

쿠웅!

넘어진 놈이 남은 다리를 허우적거리며 발 버둥 쳤다.

굳이 오더를 내리지 않았다. 이 상황에서 해야 할 일은 하나 뿐이다. 우현은 바바론가의 상체로 달려갔다. 기겁한 놈이 허우적거리면서 주먹을 휘둘렀다. 놈이 쥐고 있던 검은 이미 땅에 굴러다니고 있었기 때문이다. 크게 휘두르는 주먹을 보고, 스위치. 몸을 낮춰서 아슬하게 파고들면서 다시 스위치. 속도와 힘이 반전된다. 가속이 실린 검에 힘이 실린다.

콰지직!

텅 빈 놈의 겨드랑이에 파브니르가 꽂혔다. 일격에 파브니르는 놈의 가죽과 근육과 뼈를 부수고 놈의 팔을 절 반 가량 끊어냈다. 바바론가가 비명을 질렀다. 더 이상 베어낼 필요는 없다. 놈의 팔은 더 이상 움직이지 못한다. 그렇다면 남은 것은 목을 베어내는 것 뿐이다.

한 번, 두 번, 세 번. 연이어 떨어질수록 파브니르에 실린 힘이 강해졌다. 퍽퍽 거리는 소리와 함께 매캐한 냄새, 피가 증발하며 생긴 안개. 박희연은 입을 틀어막고 그것을 지켜보았다. 흔들리는 안개 너머로 우현의 그림자가 검을 내리 찍는 것이 보였다. 황인철이 털썩 주저앉았다.

그리고, 바바론가의 목이 잘렸다.

"…후욱…!"

우현은 크게 숨을 내뱉었다. 아직 끝나지 않았다. 그는 비틀거리면서 바바론가에게 다가갔다. 멍한 눈으로 이쪽을 보는 선하와 김연철의 시선이 느껴졌다. 일단 무시한다. 먼저 확인해야 하는 것은 바바론가의 심장에 마석이 있느냐, 없느냐다.

선하와 김연철이 다가왔다. 우현은 파브니르를 들고 바바론가의 가슴으로 내리 찍었다. 몇 번의 반복 후에 놈의 가슴이 활짝 열렸다. 시뻘건 피가 울컥거리며 바닥으로 쏟아졌다. 우현은 파브니르를 아공간으로 집어넣고서 블랙 코브라를 뽑았다.

몸을 낮추고, 부서진 바바론가의 늑골을 손으로 치워냈다. 아직 조금씩 뛰고 있는 바바론가의 심장이 보였다. 그것을 무자비하게 내리 찍었다. 선하와 김연철이 침을 꿀꺽 삼켰다.

열려진 심장에 마석은 없었다.

"…없네."

선하가 작은 목소리로 중얼거렸다. 우현은 블랙 코브라를 써서 놈의 심장의 안쪽을 헤집었다. 하지만 마석은 보이지 않았다.

"…아깝네."

우현은 그렇게 중얼거리면서 놈의 심장 안으로 손을 집어 넣었다. 선하와 김연철은 입맛을 다시면서 바바론가의 시체를 살펴보았다. 둘은 땀과 피로 흠뻑 젖어 있었다. 그들의 시선이 떨어진 틈에, 우현은 손을 집어넣었다. 몇 번이고 검을 휘두른 덕분에 우현의 손아귀는 찢어져서 피범벅이었다.

아직 뜨거운 바바론가의 피에 우현의 피가 닿았다. 우현은 무언가가 손 안에 꽉 잡히는 감촉을 느꼈고, 그것을 곧바로 아공간으로 집어넣었다.

"…잡았다."

작은 목소리로 중얼거렸다. 우현은 뻐근한 허리를 손으로 짚고서 몸을 일으켰다. 일단 바바론가의 시체는 아공간으로 집어 넣었다. 그리고 몸을 돌려서 박희연 쪽을 바라보았다.

바바론가는 잡았다. 하지만 그렇다고 해서 모든 문제

가 해결된 것은 아니다. 아직 박희연이 남아 있다. 확실하지는 않지만, 박희연은 네임드 몬스터를 잡기 위해서 이 던전에 남아 있었다. 그리고 아마… 그녀가 잡고자 했던 몬스터는 바바론가였을 것이다.

그러나 그 바바론가는, 박희연이 보는 앞에서 우현이 잡아 버렸다. 박희연은 이것을 어떻게 받아들일까. 우현은 주변을 슬쩍 둘러 보았다. 박희연 뿐만이 아니었다. 몇몇 파티가 멀찍이 서서 이쪽을 바라보고 있었다. 거구의 바바론가를 포착하고서 뒤늦게 찾아 온 파티들이었다.

'보는 눈이 많아.'

최악의 경우는 피할 수 있겠군. 나래가 시체를 강탈하고, 입을 막으려 드는 경우. 진정 바바론가를 원했던 것이라면 그녀는 조금 더 일찍 나섰어야했다. 다른 파티가 오기 전에, 바바론가와의 전투에 난입해 우현의 파티를 몰살시켜야만 했다.

"…괜찮아요?"

목소리가 다가왔다. 조용히 가라앉은 목소리였다. 우현은 대답 대신에 자신의 손바닥을 내려 보았다. 혹사시킨 손바닥은 찢어져 피투성이였다. 발바닥도 욱신거리는 것이 찢어져 피가 나는 모양이다. 몸 전체가 엉망이었다. 스위치는 몸을 망치는 기술이다. 극단적으로 치우친 밸런스는 어느 한쪽이 리스크를 감수할 수밖에 없기를 강요한다. 그런 스위치를 준비도 되지 않은 몸으로 전력을 다해 펼쳤으니, 몸이 엉망이 되는 것도 당연했다.

'당분간은 던전에 들어갈 수 없겠어. 집에서 요양해야겠군.'

삐걱거리는 몸을 움직이면서 생각했다. 우현은 피식 웃으며 말했다.

"괜찮습니다."

그 말에 박희연은 낮게 한숨을 쉬었다.

"잡을 것이라고는 상상도 못 했어요."

박희연은 머리를 벅벅 긁었다.

"F급 헌터가 둘에, 저 남자는 장비를 보니 높게 잡아봐야 D급 정도. 그런 삼인 파티가 바바론가를 잡다니. 이런 일은 전례가 없는 경우예요."

박희연은 손을 들어 손목시계를 보았다.

"잡는데 걸린 시간은 약 40분. …이걸 어떻게 받아들여야 할지. 당신은 정말 F급인가요?"

"등록증 보여드립니까?"

우현은 억지로 목소리를 쥐어 짜내며 대답했다. 한계로군. 쓰러져 자고 싶다. 아니면 주저앉아 기절하고 싶어. 하지만 그럴 수는 없다.

"저는 바바론가를 잡기 위해 이 던전에 왔어요."

박희연이 입을 열었다.

"일주일 넘게 이 던전에 있었죠. 그러다가 간신히 오늘 바바론가의 모습을 봤는데, 그것을 바로 앞에서 놓쳐 버렸네요."

"…뺏겼다 생각합니까?"

"제 실책이죠."

박희연은 시원스레 웃었다.

"네임드 몬스터의 사냥은 경쟁이에요. 저와 우현씨는 같은 장소에 있었고… 둘이 동시에 바바론가를 봤어요. 그리고 제가 우현씨보다 느렸죠. 그게 전부였어요. 뺏겼다, 라기 보다는 놓쳤다. 그리고 느렸다… 이건 조금 자존심 상하네요. 그래도 B급인데, F급보다 느렸다니."

우현은 박희연이 하는 말을 가만히 들었다. 그녀가 하는 말이 진심인지 아닌지는 솔직히 알 수가 없었다. 박희연의 웃음은 자연스러웠고 그녀의 목소리는 평소와 크게 다르지 않았다. 저것이 거짓말이라면 그녀는 능숙한 거짓말쟁이일 것이다.

"거래를 하죠."

박희연이 말했다.

"보아 하니까 바바론가의 사체에서 마석은 나오지 않은 것 같군요. 그렇다면 바바론가의 시체, 저한테 파시는 게 어때요?"

박희연이 바바론가의 시체를 원하는 이유는 간단했

다. C급 길드원을 위한 보급 장비를 개선 중인데, 개선 장비에 사용할 몬스터의 사체를 고르는 중에 바바론가의 사체가 안건 중 하나로 오른 탓이다. 가장 이상적인 선택은 박희연 본인이 직접 바바론가를 잡는 것이지만, 이런 경우를 대비하여 바바론가의 사체를 구입할 대금도 받아 두었다.

"…팔라고요?"

"예. 협회에서 구매하는 가격보다 10% 더 가격을 붙여 드리죠. 어때요?"

그런 박희연의 말에 황인철은 흠칫 놀라 박희연 쪽을 돌아보았다. 하지만 박희연은 그런 황인철의 시선을 느끼지 못한 것인지, 우현의 얼굴만 빤히 바라보았다. 우현은 설마 박희연이 이렇게 정당한 방법으로 접근하여 거래를 요구할 줄은 생각하지 못했다.

'생각했던 것보다 일처리는 깔끔한 여자군.'

"잠깐 기다려 주시겠습니까. 파티원들과 얘기해보겠습니다."

"네."

우현은 몸을 돌려 선하와 김연철을 돌아보았다.

"…우선 좀 앉죠."

우현은 그렇게 말하며 땅에 털썩 주저앉았다. 그는 숨을 몰아쉬면서 뻐근한 관절을 손으로 주물렀다. 경계는 풀지 않았다. 머리 위 공중을 힐끗 보고, 등 뒤. 박희연을 비롯한 나래의 길드원들을 경계했다.

"나쁜 얘기는 아니라고 생각합니다. 저들 쪽이 원하는 것은 바바론가의 사체뿐인 것 같고, 저희가 잡은 바바론가는 마석이 나오지 않았죠. 어차피 협회에 팔아 넘길 텐데 나래에게 웃돈을 받고 파는 것이 좋을 것 같습니다."

우현은 그렇게 말하고서 김연철을 힐끗 보았다.

"혹시 돈 말고 바바론가의 사체를 원하신 겁니까?"

"아뇨. 바바론가를 잡을 것이라고는 생각도 하지 않고 있었습니다."

김연철이 곧바로 머리를 흔들었다.

"특별히 사체를 원하지도 않습니다. 돈으로 받는 편이 좋지요."

김연철의 말에 우현은 머리를 끄덕거리며 선하를 힐끗 보았다. 잠시 생각에 잠기고 있던 선하도 머리를 끄덕거렸다.

"나래와 거래하는 편이 당연히 나아. 돈을 더 준다고 하는데 거부할 이유는 없지."

협회는 모든 몬스터의 사체를 사들인다. 하급 몬스터의 경우에는 등급이 낮은 헌터를 위해 사체를 구입해주는 것이고, 바바론가 같은 네임드 몬스터나 상위 몬스터의 사체는 수요가 있다. 협회는 사들인 사체를 장비

브랜드다 구입을 원하는 헌터에게 되파는데, 당연히 그 과정에서 사체의 가격에 +가 붙는다. 원가에 사들이고 원가에 팔아버린다면 남는 돈이 없으니까.

나래 쪽에서도 그렇게 구입하는 것보다는 협회의 브로커를 두고서 직접 거래하는 편이 낫다고 본 것이리라. 브로커에게도 돈을 줘야 하지만, 절차를 밟아 바바론가의 사체를 협회에서 사들이는 것보다는 이쪽 방법이 더 싸다.

"정말 사실 겁니까?"

황인철이 탐탁치 않다는 표정을 지으며 물었다. 그 말에 박희연은 시선을 돌려 황인철을 바라보았다. 금속처럼 차가운 시선이었다. 그 시선에 황인철은 움찔하여 턱을 뒤로 당겼다. 곧, 박희연은 방금 전의 시선이 없었던 일이라는 냥 장난스러운 미소를 지었다.

"사는 것 말고 다른 방법이 있어?"

"…여기는 던전입니다."

황인철이 조심스러운 얼굴로 내뱉었다.

"보는 사람이 많기는 하지만, 그거야 여기서 일을 벌이지 말고 사람이 없는 곳에서 일을 벌리면 되는 일 아닙니까. 으슥한 곳으로 데리고 가서 사체를 빼앗고, 죽이기만 하면 문제 될 것은 없습니다."

"그래?"

박희연은 그럴 듯 하다는 듯이 귀를 기울였다. 그런 박희연의 반응에 황인철은 자신감을 얻고서 말을 이었다.

"일단 뺏고, 다 죽이기만 한다면 다른 사람들도 모를 겁니다. 알아봤자 뭐 어쩌겠습니까?"

"하긴 그렇지. 던전에서 죽는 헌터는 많으니까. 근데, 너. 이름이 뭐였지?"

박희연이 물었다.

"예? 황인철입니다."

황인철은 내심 불쾌함을 느끼면서도 대답은 똑바로 했다. 일주일이 넘게 같이 다녔는데, 설마 이름도 몰랐다는 건가.

"등급은?"

"D입니다."

"그래? 그러면 문제없네."

박희연이 활짝 웃었다. 그 말에 황인철은 이해할 수 없다는 듯이 머리를 갸웃거렸다.

"…저기, 무슨 말인지 잘…"

멋쩍게 웃으며 하는 말에 박희연이 황인철 쪽으로 머리를 기울였다. 그 순간이었다.

"케헥!"

콰악!

빠르게 뻗어진 손이 황인철의 목을 붙잡았다. 목젖을

강하게 죄는 손의 악력에 황인철이 기겁하여 신음을 흘렸다. 박희연은 차갑게 식은 눈으로 황인철의 얼굴을 노려 보면서 그녀를 향해 몸을 기울였다.

"D급 길드원은 많으니까, 너 하나 정도 없어도 문제는 없다는 거야."

"무… 무슨…."

"뭐 어때? 던전에서 죽는 헌터는 많잖아. 여기서는 안 되겠네. 보는 사람이 너무 많으니까. 그러니까, 돌아가는 길에 적당히 처리하면 되겠어. 일단 죽이고 던져 두면 몬스터가 알아서 시체를 처리해 주지 않겠어? 파먹던, 뜯어먹던. 내 알 바는 아니지. 안 그래?"

"왜 그러시는…."

"네가 한 말이 추잡스러워서. 왜? 돈으로 주는 것이 아깝다고 생각해? 그러면 네 인간으로서의 그릇이 그 정도라는 거지. 미안한데, 나는 네가 말한 추잡한 방법에 대해서는 떠올린 적도 없고, 네가 한 말을 듣고 조금의 고민도 느껴지지 않아. 왜 그래야 하는데? 돈이 아까워서? 아니, 아깝지 않아. 더러운 짓 하면서 내 가치를 떨어트리느니 돈으로 주는 편이 훨씬 싸지."

박희연은 소곤거리면서 황인철의 목을 쥐고 있던 손을 놓았다. 황인철을 몸을 숙이고 콜록거리며 기침을 토했다. 박희연은 손을 털면서 말을 이었다.

"D급 길드원, 황인철. 그래. 이름 잘 기억했어. 아무래도 너는 나래에 맞지 않는 것 같아. 알지? 나래는 이 나라를 대표하는 길드 중 하나야. 그 소속원이라면 자부심까지는 안 바라도 쪽팔린 짓은 안 해야지. 안 그래?"

박희연은 그렇게 말하면서 몸을 돌렸다. 지저분한 이야기를 듣는 것으로 기분이 나빠졌다. 박희연은 혀를 차면서 우현 쪽을 보았다. 저쪽도 이야기가 다 끝난 모양이다. 우현이 몸을 일으켰다.

"바바론가의 사체는 나래에게 팔도록 하겠습니다."

"잘 생각하셨어요."

박희연은 환히 웃으면서 말했다. 우현의 박희연과 나래의 길드원들 사이에서 감도는 기묘한 분위기에 머리를 갸웃거렸다.

"무슨 일 있었습니까?"

묻는 말에 박희연은 대수롭지 않다는 듯이 대답했다.

"저희 길드원 중 하나가 그러더군요. 우현씨를 죽이고 시체를 뺏자고."

그 말에 우현의 얼굴이 싸늘하게 식었다. 그런 반응을 보이는 것은 우현 뿐만이 아니었다. 선하와 김연철도 굳은 얼굴로 이쪽을 보았다. 하지만 박희연은 키득거리며 웃더니 머리를 흔들었다.

"아, 걱정하지 말아요. 그럴 마음은 없으니까. 오히려 듣고서 화를 냈어요. 그 길드원은 나래에서 징계를 내릴 생각이고요. 그나저나, 움직이기 많이 힘들어 보이시는데…"

박희연은 슬쩍 우현에게 다가왔다. 우현은 묘한 웃음을 짓는 박희연을 얼굴을 보며 턱을 당겼다. 박희연은 베실거리는 미소를 띠우며 말을 이었다.

"어차피 돌아가는 길은 같잖아요? 이 위치라면 세이브 포인트 쪽의 게이트가 가까울 텐데. 저희가 호위 할 테니, 같이 돌아가실래요?"

"…방금 전에 죽여서 뺏겠다느니 그런 말을 해 놓고서는, 같이 돌아가자는 겁니까?"

"그럴 생각 없다고도 했잖아요? 정말로 그럴 생각이었으면 말도 안 했겠죠. 게다가, 저는 우현씨를 죽이고 싶은 마음이 없어요."

"저를 스카웃하고 싶어서?"

우현이 물었고, 박희연은 당연하다는 듯이 머리를 끄덕거렸다.

"바바론가와 싸우는 것을 보고 확신했어요. 당장 등급이 F라고 해도, 우현씨는 A급 헌터에 맞먹는 가치가 있는 사람이라고 생각해요. 아니면 S급이던가."

박희연의 말에 다른 사람들이 놀란 얼굴로 그녀를 바라보았다. 박희연은 그들의 시선에 개의치 않고 말을 이었다.

"바바론가를 잡을 때, 우현씨는 탱커이면서 딜러기도 했어요. 현재 살아있는 헌터들 중에서 뛰어난 헌터가 많고, 뛰어난 탱커도 많지만… 우현씨처럼 딜러와 탱커의 역할을 동시에 수행하는 헌터는 저는 단 한 번도 들어보지 못했어요. 사실상 바바론가는 우현씨 혼자서 잡았다고 해도 과언이 아니에요. 다른 파티원들에게는 미안한 말이지만."

박희연의 눈과 선하의 눈이 마주쳤다. 선하는 아랫입술을 잘근 씹으면서도 박희연의 시선을 피하지 않았다. 박희연은 그런 선하를 향해 살짝 미소지었다.

"그런 인재를 놓치고 싶지는 않은데… 나래는 우현씨의 잠재력을 담기에는 오히려 조금 작을지도 몰라요. 그러니, 억지로 스카웃하지는 않을게요."

박희연은 그렇게 말하더니 우현에게 손을 뻗었다.

"대신 저랑 조금 친해지는 건 어때요? 길드원이 되어달라고는 하지 않을 테니까, 그냥 알고 지내는 사이라도 하자고요."

시원스런 말이었다. 우현은 피식 웃으면서 박희연에게 손을 뻗었다.

"알았습니다. 세이브 포인트까지 잘 부탁드립니다."

"안전하게 모셔드릴 테니 걱정하지 마세요."

박희연은 키득거리면서 대답했다.

협회에서 감정된 바바론가의 판매금은 8억. 박희연
은 즉석에서 10%의 추가돈을 얹어, 8억 8000만원이
라는 돈을 우현에게 지불할 뜻을 전했다. 협회 소속
공증인의 참관 아래에 거래가 이루어졌다. 상상 이상
의 거금에 김연철은 잔뜩 긴장해 있었고, 다른 헌터와
사체를 거래하는 것이 처음인 선하 역시 긴장한 얼굴
이었다.

"우현씨는 익숙해 보이네요."

마주앉은 박희연이 키득거렸다. 그녀는 협회의 사람
이 내준 커피를 홀짝거리며 우현을 바라보았다. 다리를
꼬고 앉아 발목을 주무르고 있던 우현은 시선을 들어
박희연을 보았다.

"희연씨를 믿으니까요."

"립 서비스가 너무 과한 것 아니에요?"

박희연이 웃으며 말을 받았다. 우현은 어깨를 으쓱거
리며 발을 내려놓았다.

"거래할 생각이 없었더라면 이곳까지 오는 동안 기회
는 많았겠죠. 하지만 하지 않으셨잖습니까. 여기까지
와 놓고서 거래에 부정을 섞을 수는 없을 것이고."

"뭐, 그렇기는 한데. 아무리 그래도 8억이고요? 정확
히 말하면 8억 8000. 거의 9억에 육박하는 거금인데.

우현씨는 그런 돈을 앞두고 아무렇지도 않은 거예요?"

박희연이 생글거리며 물었다.

"많군요."

우현은 무덤덤한 목소리로 말을 받았다. 그는 박희연의 얼굴을 빤히 들여다보면서 입 꼬리를 올렸다.

"돈 앞두고 덜덜 떨었으면 좋겠습니까?"

도발하듯이 묻는 말에 박희연의 얼굴이 순간이나마 멍해졌다. 하지만 그녀는 곧 깔깔거리며 웃었다.

"아뇨, 당연히 아니죠. 당당한 남자는 매력적이라니깐. 곧 협회의 사람이 다시 올 거예요. 절차에 대해서는 알고 계시나요?"

"박희연씨와의 거래는 끝났습니다. 나머지는 저희 파티 내에서의 분배뿐이죠. 3인 이하의 파티에서 탱커가 있을 경우, 탱커는 40%의 분배금을 갖습니다. 그 나머지는 남은 파티원들이 나누고요."

"네. 우현씨에게 돌아가는 금액은 3억 5200만원이죠. 그리고 남은 두 분은 각각 2억 6400만원씩. 마석이 나왔다면 그 몇 배는 되는 돈을 받을 수 있었겠지만…"

"돈에는 별 욕심 없습니다."

우현이 말했다. 그 말에 박희연은 풋 웃었다.

"하긴, 그렇겠죠. 돈에 욕심이 많은 속물이었다면 제

가 스카웃 했을 때에 나래로 들어왔을 테니까."

우현은 그녀의 중얼거림에 눈을 가늘게 뜨고 박희연을 바라보았다.

"…아직도 저를 스카웃하고 싶은 겁니까?"

"그에 대해서는 몇 번이나 말했어요. 대답은, 예. 바바론가와 싸우는 것을 보고 반드시 그러고 싶다고 생각했어요. 하지만… 말했죠? 지금의 나래는 우현씨의 잠재력을 담기에는 오히려 작을 지도 모른다고."

박희연은 커피를 한 모금 마셨다. 잠시 침묵하던 박희연은 피식 웃었다.

"하고 싶은데, 하지 않는다. 이건 묘한 기분이네요. 억지를 쓰면 못 할 것도 없는데."

박희연은 그렇게 말하면서 몸을 일으켰다. 그녀는 우현을 내려 보면서 말했다.

"내가 억지를 부렸을 때, 당신은 저한테 화 냈었죠?"

"내가 싫다는데 계속 권했으니까."

우현이 대답했다.

"억지 부리는 남자도 매력 없지만, 그건 여자도 똑같습니다."

담담하게 중얼거린 말에 박희연의 얼굴이 멍해졌다. 그녀는 눈을 깜박거리면서 우현을 보다가, 풋 웃어버렸다.

"매력없는 여자가 되어버렸군요. 어디서 못 났다는 이야기는 들은 적 없는데."

"못 났다는 말은 한 적 없습니다. 억지 부리는 모습이 매력 없다고 느꼈을 뿐이지."

"그렇다면 억지는 더 이상 부리면 안 되겠네요."

박희연은 빙글 몸을 돌렸다.

"억지 부리지 않고 깔끔하게 퇴장할게요. 우현씨는 금방 올라올 것 같으니까… 언젠가 같은 던전에서 만나는 일도 있겠죠."

"몇 살입니까?"

우현이 물었다. 그 물음에 박희연은 멈칫하고서 우현을 내려 보았다. 우현은 시큰둥한 얼굴로 박희연을 올려 보면서 다시 물었다.

"나이 말입니다."

덧붙인 설명에 박희연은 머리를 갸웃거리며 대답했다.

"스물 셋이예요."

"제가 한 살 많군요."

문이 열렸다. 나래 측의 입금이 확인 된 모양이었다. 이제 남은 것은 이쪽 파티에서의 계산 뿐이다. 더 이상 박희연이 남아 있을 이유가 없다. 협회 측의 사람은 일

어선 박희연을 보면서 머리를 갸웃거리다가 우현의 앞
에 와서 앉았다.

"…오빠라고 불러 드려요?"

박희연이 머리를 갸웃거리며 물었다. 우현은 대답하
지 않고서 협회의 사람이 건네는 서류를 확인했다. 서
류의 내용을 눈으로 훑어 내리고서, 우현은 펜을 들었
다. 맨 아래. 우현이 받게 될 금액과, 파티원들에게 돌
아갈 금액. 남은 것은 서명 뿐이다.

"마음대로 하십쇼."

서명을 적으며 대답했다. 박희연은 풋 웃더니 몸을
돌렸다.

"네, 오빠. 그러면 다음에 봐요."

그녀는 키득거리면서 방을 나갔다. 박희연이 방을 나
가자 선하가 막혔던 숨을 크게 토해냈다. 그녀는 냉정
한 얼굴로 서류를 확인하고서 맨 아래에 자신의 서명을
적었다. 김연철이 서명을 끝내고 나서 모든 절차가 끝
났다. 넘긴 서류는 곧바로 처리되어 각자의 통장에 돈
이 입금 될 것이다.

"멋진 경험이었습니다."

협회의 건물을 나오고서 김연철이 말했다. 그는 아직
도 뻐근한 손목을 손으로 주무르면서 우현과 선하를 내
려 보았다. 솔직히 말해서, 그는 아직도 실감이 잘 나지

않았다. 자신이 네임드 몬스터인 바바론가를 잡았다는
것. 그 괴물을 잡은 파티가, F급이 둘이나 낀 삼인 파티
였다는 것. 자신이 그 일원이었다는 것. 2억이 넘는 거
금이 자신의 통장에 입금되었다는 것.

"모두 우현씨 덕분입니다. 우현씨가 없었다면 바바론
가는 잡을 수 없었겠지요."

"저 혼자였어도 잡을 수 없었을 겁니다. 모두가 힘을
합쳤으니 잡을 수 있었던 거겠죠."

우현은 피식 웃으며 말했다. 뻔한 이야기다. 모두가
같이 노력해서 잡을 수 있었다. 낯 부끄러운 말이로군.
우현은 뺨을 긁적거렸다. 우현의 말을 들은 김연철은
낮게 웃었다.

"…이제 장비를 바꿀 수 있겠군요."

김연철은 후련하다는 듯이 중얼거렸다.

"다음에 또 부탁드려도 되겠습니까?"

김연철의 말을 듣고서 우현이 물었다. 김연철과는 손
도 맞춰 보았고, 그의 실력도 그리 나쁘지 않다. 장비가
받쳐준다면 이번보다 더 큰 도움이 되리라. 우현의 말
에 김연철은 놀란 얼굴로 우현을 보다가 머리를 끄덕거
렸다.

"불러만 주신다면야."

김연철은 그렇게 말하면서 판데모니엄 밖으로 사라

졌다. 우현은 선하를 힐끗 보았다. 선하는 조금 생각에 잠긴 표정이었다. 우현이 그녀를 빤히 보자, 선하는 그 시선을 눈치채고 머리를 들어 우현을 바라보았다.

"…왜그래?"

우현이 물었다. 그 물음에 선하는 입술을 살짝 달싹거리며 무어라 말을 하려다가, 결국 말을 하지 못하고 입술을 다물었다. 그녀는 복잡한 표정으로 우현을 바라보았다.

"…너는 뭐야?"

간신히 선하가 물었다.

"무슨 소리야?"

우현이 태연한 얼굴로 되묻자, 선하는 말을 끝까지 잇지 못하고 머리를 흔들었다.

"아니, 아무 것도 아니야. 그냥… 그래. 나래의 제의는 어떻게 생각해?"

"제의라고 한 것도 없어. 희연씨도 말했잖아, 억지 부리고 싶지 않다고. 나는 그녀에게 내 뜻을 확실하게 전했어. 나래에 들어갈 생각은 없다고."

"왜?"

"반 년 동안 너와 함께 제네시스 길드를 재건하기로 했잖아."

우현의 대답에 선하는 입술을 꾹 다물었다. 제네시스의 재건. 그것은 아버지를 잃은 선하에게 있어서 유일한 목적이었다. 하지만 모르겠어. 선하는 손을 들어 귀앞으로 넘어 온 머리카락을 어루만졌다. 어쩔 수 없이 선택한 목적이다. 당시의 선하에게는 그것이 전부였다. 그를 제외하고서는 해야 할 일을 알 수가 없었다. 무엇을 하고 싶은지도 알 수 없었다.

단순한 고집. 그것 외에 방법이 없다고 생각했고, 순수하게 동기를 떠올리자면 아버지의 죽음에 대한 복수. 그 이외에는 없다. 럭키 카운터가 관여했다는 것은 확신하고 있지만, 럭키 카운터는 너무 큰 길드다. 미국 제일이라는 것은 세계 제일이라는 것. 럭키 카운터에는 세계 유일의 SSS급 헌터가 있다. 그 외에도 수많은 네임드 헌터들이 소속되어 있다.

하지만 지금 나에게는 뭐가 있지? 선하는 입술을 잘근 씹었다. 럭키 카운터를 목표로 두고, 제네시스를 재건하겠다 마음 먹었으면서 그녀는 정확히 무엇을 해야 할지 알 수 없었다. 단지, 목적만 두고서 행동하는 것에 의미를 두고 있을 뿐이다.

나는 아버지의 원수를 갚기 위해 노력하고 있다, 라는.

"…반년이라."

선하는 시선을 들어 우현을 보았다.

"반년이 지나면, 너는 어떻게 할 거야? 다른 곳으로 가 버릴 거야?"

"그건 모르지."

우현이 대답했다. 우현은 선하의 눈을 들여 보면서 말을 이었다.

"지금 당장 뭘 해야 할 지도 모르는데, 반 년 후에 내가 뭘 하고 있을지 어떻게 알아? 너는 지금 하고 싶은 게 뭔데?"

"…하고 싶은 것은 모르겠고, 해야 할 일은 있어."

선하가 대답했다.

"너와 함께 잡았던 몬스터의 사체를 아직 처분하지 않았어. 베드로사도 아직 처분하지 않았고. 일단 그것을 처분해야 해. 시세를 알아보니, 베드로사의 사체는 협회가 3억에 사들이고 있어. 우리 쪽에 탱커는 없었으니까 인당 일억 오천씩. 그리고 또…."

"나는 자고 싶어."

우현이 선하의 말을 끊었다.

"너무 무리했거든. 베드로사의 처분은 너와 내가 같이 가야 하지? 미안하지만, 다음으로 미뤄줘. 진짜 한계니까."

"하지만…."

"조급해 할 필요 없잖아."

우현의 말에 선하는 입술을 다물었다. 조급해 하는 이유가 뭐야? 우현이 물었던 말이 떠올랐다. 선하는 한숨을 쉬면서 머리를 끄덕거렸다.

"…그래. 네 말대로 조급해 할 필요는 없지. 베드로사의 사체가 어디로 가는 것은 아니니까."

"일단 쉬고, 내일 다시 만나자. 네임드 몬스터 세 마리 잡으면 등급을 올릴 수 있다고 했었지?"

"응. 앞으로 한 마리만 더 잡으면 등급을 올릴 수 있어. 다음 몬스터는…."

"그 얘기도 내일 해."

우현이 머리를 흔들었다. 괜히 하는 말은 아니었다. 진짜로 몸이 한계다. 정신이 몽롱한 것이 긴장을 놓는다면 당장이라도 쓰러져 기절 할 것만 같았다. 우현의 얼굴에 묻어나오는 피로를 보고 선하는 결국 머리를 끄덕거렸다.

"…알았어. 그러면 내일, 오후 3시에 판데모니엄에서 만나자. 괜찮지?"

"괜찮겠지. 그럼, 내일 보자."

우현의 말에 선하가 머리를 끄덕거렸다. 우현은 선하의 배웅을 받고서 판데모니엄 밖으로 나왔다. 나오자마자 바로 갑옷을 벗었다. 땀과 피에 흠뻑 젖은 몸에서 악취가 풍겼다. 쓰러져 잠들고 싶었지만, 이대로 침대에 눕는다면 이불보가 엉망이 될 것이다.

지친 몸을 끌고서 문을 열었다.

"오빠?"

거실에 있던 현주가 놀란 얼굴로 우현을 보았다. 현주는 피가 엉겨붙은 우현의 몸을 보고 기겁하더니 몸을 벌떡 일으켰다.

"괘, 괜찮아? 오빠, 다친 것 아냐?"

"괜찮아."

우현은 그렇게 말하면서 어색한 미소를 지었다. 하지만 현주는 침을 꿀꺽 삼키며 우현에게 다가왔다. 떨리는 손이 우현의 몸에 닿았다. 굳은 피가 후둑거리며 아래로 떨어졌다. 현주가 비명을 지르며 뒤로 물러섰다.

"괜찮다니까. 내 피 아냐."

"저… 정말?"

"내가 거짓말을 왜 하겠어?"

우현은 그렇게 말하면서 현주의 머리로 손을 뻗었다. 머리를 쓰다듬으려고 했는데, 그는 흠칫 놀라 손을 뒤로 뺐다. 검을 휘두르느라 생긴 상처가 아직 남아 있었기 때문이다. 여동생에게 그런 상처를 보이고 싶지 않았다. 우현은 어색하게 주먹을 쥐어 보이면서 말했다.

"오늘 좀 힘들었거든. 씻을게."

"…정말 괜찮은 거지?"

현주가 조심스레 물었고, 우현은 웃으며 머리를 끄덕거렸다.

"…헌터는 쉽게 죽는다던데…."

현주가 힘없는 목소리로 중얼거렸다. 우현은 그 말에 굳이 대답하지 않고서 몸을 돌려 욕실로 들어왔다.

헌터는 쉽게 죽는다. 당연한 일이다. 몬스터와 싸우는 헌터는 목숨을 거니까. 실제로 한 번 죽기도 했었고.

우현은 옷을 벗고서 욕조 안으로 들어가 온수를 켰다. 위에서 내려오는 온수가 몸에 닿을 때마다 아릿한 통증이 느껴졌다. 우현은 욱신거리는 손으로 어깨를 주무르다가 욕조 안에 털썩 주저앉았다.

그리고 아공간을 열어 마석을 꺼냈다. 바바론가의 심장에 마석은 없었지만, 우현은 자신의 능력으로 마석을 새로 만들어냈다. 네임드 몬스터의 심장에서 마석을 만든 것은 이번이 처음이다.

마석은 컸다. 색은 새빨간 붉은색. 마석 중에서 가장 순도가 높다는 레드 스톤. 베드로사에게서 나온 마석보다 크기는 조금 작았지만, 순도 면에서는 비교가 되지 않는다. 레드 스톤이라면 다른 마석들보다 더 큰 힘을 품고 있다. 우현은 마석을 양 손에 쥐고서 천천히 흡수하기 시작했다.

마석을 흡수할 때마다 몸에서 느껴지는 통증이 옅어
졌다. 마석을 완전히 흡수했을 때에는 통증이 완전히
사라져 있었다. 우현은 크게 숨을 뱉으며 어깨를 주물
렀다. 스위치를 남발하면서 몸 안의 투기를 대부분 소
모했었는데, 지금은 소모한 투기보다 더 많은 양의 투
기가 몸 안에서 꿈틀거렸다. 우현은 씩 웃으며 몸을 일
으켰다.

'생각보다 빨라.'

이런 속도를 유지할 수 있다면 얼마 지나지 않아서
호정이었을 때의 힘을 완전히 회복할 수 있을 것 같았
다. 하지만 그것으론 부족하다. 그는 더욱 더 강해져야
만 했다. 온수로 샤워를 하고서 우현은 옷을 갈아입고
밖으로 나왔다. 쇼파 위에 웅크리고 앉아 있던 현주가
우현을 쳐다보았다.

"…진짜로 안 다쳤네."

"거짓말 안 한다고 했지?"

우현은 씩 웃으면서 말했다.

"아, 맞아. 오빠. 오빠 씻는 동안 오빠 핸드폰으로 계
속 전화왔었어."

현주가 말했다. 그 말에 우현이 머리를 갸웃거렸다.

"전화?"

"응. 오빠 방 문 잠겨서 안 받았는데… 끊겨도, 끊겨도 계속 전화 오더라구."

현주의 말에 우현은 머리를 긁적거렸다. 그렇게 끈질기게 전화할 사람은 모르는데. 우현은 그렇게 생각하며 자신의 방으로 돌아왔다. 판데모니엄으로 들어가면서 두고 갔던 핸드폰은 책상 위에 얌전히 놓여 있었다.

우현은 핸드폰을 들어 화면을 켜 보았다. 부재중 전화가 3건. 통화 목록을 보니 의외의 이름이 떠 있었다. 유민아. 우현의 눈이 동그래졌다.

'민아가 왜?'

그런 생각을 하면서 카카오톡을 켰다.

〈3권에서 계속〉